されど　われらが日々――

されど　われらが日々——

道化　（王に）おお、おいたわしや、王様には裏切られなさったと！　して、一体、誰方《どなた》にでございます？

序章

私はその頃、アルバイトの帰りなど、よく古本屋に寄った。そして、漠然と目についた本を手にとって時間を過ごした。ある時は背表紙だけを眺めながら、三十分、一時間と立ち尽した。そういう時、私は題名を読むよりは、むしろ、変色した紙や色あせた文字、手ずれやしみ、あるいはその本の持つ陰影といったもの、を見ていたのだった。

それは無意味な時間潰《つぶ》しであった。しかし、私たちのすることで、何か時間潰し以外のことがあるだろうか。それに、私は私なりに愛書家でもあったのだ。

どこの古本屋でも、店先に一冊二十円程度の均一本が一かたまり並んでいる。私はよくそういう本を、買う気もなしに手にとったものだった。汚れ、みすぼらしくなった本の群れを、一冊一冊見分けて行くと、『育児法』だとか『避妊法』、あるいは『革命と闘争』だとかいう題名の中に、時折、英文学専攻の大学院学生である私すら題名を知らないような英文学関係の古ぼけた翻訳書がまじっていた。訳者も多くは、もはや知られない人であった。私はそういう本を手にとると、本文よりも、訳者の後書きを読んだ。そこには、大抵は、まだあまり知られていないその書を日本に紹介することが、どんなに有意義なことであるかが、少し熱っぽい調子で力説してあった。それは、その人の出した、一生でただ一冊の本であったかも知れない。おそらく、だから、後書きも少し興奮した様子なのだ。が、彼がそんなに期待して出した本も、殆《ほとん》ど人に知られることなく場末の古本屋の均一本の中につっこまれている。

だが、私は別にそういう後書きに客《けち》をつける積りはないのだ。そのちょっと尊大な言いまわし、日本における文学観の偏向をいましめる学者らしい重々しい口調の中には、奇妙に子供らしい喜び、生の重大事にかかわっているという興奮からくる、意識しない快活さが感じられた。それは、かつて私の友だちであった一人の女子学生が自殺した時、彼女の友人の学生たちが、その死を悲しみながら、なお無意識のうちに示していた快活さ、あるいは嬉しさと言ってもよいようなもの、と似ていると思えた。だが、彼ら訳者にとって、本を出すことはやはり重大なことであり、彼らはそのためにちょっと興奮し、快活になっていい当然の権利を持っている。生が結局は、各種の時間潰しの堆積であるならば、その合い間に、ちょっと夢中になれる、あるいは夢中になった振りのできる気晴らしのあることは悪いことではない。俺だって、と私は、薄汚れた古本の間に立ちつづけながら思った。俺だって、あと半年もすれば、地方の大学の語学教師になり、やがて一冊位訳書も出すだろう。そしてその時は、俺だってやはりちょっと興奮し、熱っぽい後書きを書き、そして、少しの間、幸福になるだろう。

第一の章

ある冷たい雨の降る秋の夕方、私は郊外のK駅のそばの古本屋に寄った。それはその月の最後のアルバイトの帰りであった。

いつも通り、何気なく古本に眼をさらしているうちに、私は上の方の棚にまだ真新しいH全集があるのに気がついた。それは、つい先月か先々月に完結した全集であった。あまり読まれることのないHの全集であるだけに、値も高いものであった。新刊本がすぐ古本屋に出ることは珍らしいことではない。しかし、かなりの愛着を持っている人でなければ、はじめから買わないだろうH全集が、最終の配本から一月足らずのうちに古本屋の棚にあることは、やはり少し奇異に感じられた。

私はH全集から一冊抜き取り、値段を調べた。それは、かなり安かった。私は買おうと思った。だが、それは定価の三分の二にもならぬ値段ではあったが、なお私の持っている金では足りなかった。私はその時、その日に貰《もら》ったその月のアルバイトの収入を持っていい、それだけは本に費やしていい金であったが、H全集はその凡《およ》そ倍の値であった。私は、本屋で本を眺めるのは、好きであった。だが、ある本を、ただその本の魅力にひかれて、どうしても自分の手に入れ自分のものにしたいという、いわゆる世の愛書家たちの執念といったものは、持ち合わせていなかった。H全集も、前から欲しいとは思っていたが、一冊ずつ買っても、なお非常に高いので、あえて買う積りはなかった。しかし、今その真新しい一冊を手にとって古本屋の古ぼけた棚、崩れ落ちそうな本の堆積の間に立ち尽した私は、何か奇妙なものにとらわれていた。それはH全集というよりは、その一揃《ひとそろい》であるところの、私の前に並び私の手にある一揃が、あるいはその一揃の持つある一つの奇異な雰囲気が、私の心に、いや、むしろ私の存在自体に、からみついてきているのだった。その奇異な雰囲気は、汚れ古ぼけた本の列と、新しいH全集という異様な対比から生まれたものであったが、ただそれだけで説明し切れるものではなく、そのH全集がそこにあるということ——それは何の変哲もないH全集であり、何の変哲もない古本屋であったが——そのH全集がそこにあるということ、その際、単に静的な新旧の対比が問題なのではなく、そのH全集の在る全《すべ》ての関係における在り方、つまりそこにおけるH全集の存在そのもの、が、ある異様さとして、私に向かってきているのであり、それは私の存在の殆ど意識しない根にからみついて離れないように思われた。そのＨ全集を私が買うだろうということは、もはや動かし難いことであった。私は、自分の意志に反したことを無理やりせねばならぬような重苦しい気持で、帳場の方を見やった。

私がＨ全集の代金の半分を払い、残りの十冊を翌月まで取っておいて呉れるよう、頼んだ時、無口で愛想のない主人は、眼鏡越しに私の顔をじろじろ眺めて、

「ようございます」

と言った。そして、口の中で半分呟《つぶや》くようにつけ加えた。

「こんな本を、買ってすぐ売ってしまう人もいれば、あんたみたいに無理して、また買う人もいるんだね」

私は妙に気になってたずねた。

「これを売ったのはどんな人でしたか」

主人はもう一度私の顔をじろっと眺めると、

「古本の市で買ってきたんだから、そんなことは判りませんよ」

とそっけなく答え、黙った。

外に出ると、雨は相変らず降りつづけ、その冷たさは背広のえりや、袖口から入り込んで、肌に執拗《しつよう》にまつわりついてきた。私はＨ全集を買ってしまって、何故か不安な気

持になっていた。私は、背中から身体中に拡がってくる悪寒《おかん》に堪えながら、なお小一時間かかって下宿へ帰った。

雨は間もなく上がり、それから数日、空が抜けるような青さに澄み切った日が続いた。土曜日も天気は崩れなかった。窓を開けると、さっぱりした冷やかな大気が部屋の中へ流れ込んだ。私は少し幸福だった。

土曜日は節子のくる日だった。節子は私の婚約者だった。私たちは翌年の四月、私が大学院の修士課程を修了したら、結婚することになっていた。私の就職は、F県のF大に内定していた。

節子は英語とタイプと、それに少しばかりのフランス語ができ、翻訳係兼タイピストとして、ある商事会社に勤めていた。結婚したら節子はそこをやめ、F県で英語の先生の口でも探すつもりであった。私たちは結婚を、強《し》いて急いではいなかったが、またあまりくり延べるつもりもなかった。

私たちは愛し合っていただろうか。それは判らない。恋人同士と呼ばれてよいような仕方では、愛し合っていなかったかも知れない。ただ私たちは、互いに好感を持ち合っていたし、やって行けるだろうと考えていた。少なくとも、私は、自分たちの間柄について、そう考えていた。

節子は私の遠縁の親戚であった。そして、親たちが気が合い、親しかったので、私と節子は、小さい時から従兄妹《いとこ》同士のようなつき合い方をさせられてきた。だが、成長するにつれ、二人は自分たちが特別に気の合う間柄という訳でもないことに次第に気づいた。以前の節子は、今と違って、激しい気性だった。私もそうおとなしいたちではないだろう。しかし、節子の持っていた何ものかが、私には欠けていたらしい。私たちは中学時代、高校時代、休みには互いの家に行き来して、遠慮のない親しい間柄ではあったが、互いが相手の中へ深く入り込んでしまうということは決してなかった。

私が東大に入って上京してきた年、節子は高校三年であった。次の年節子は東京女子大に入り、翌年英文科に進んだ。しかし、私は節子の家である佐伯をあまり訪れなかった。私は佐伯の人たちを嫌ってはいなかった。だが、それはわずらわしかった。私は節子に好意を持ちつづけてはいたが、佐伯の人の一人である節子よりは、ただの女友だちとつき合う方が心安かった。

そうやって、私は駒場で、留年の一年を含めて三年、本郷で二年、平凡な学生として過ごし、大学院に進んだ。専門は英文学だった。

その間、恋をしなかったと言えば、嘘《うそ》になろう。そして、恋する時、私は大体真面目だった。だが、私が真面目であればある程、私の恋は、いつも、真面目な恋とはならずに、情事といったようなものになって行った。ある時期には、私は自分の情事を、これは情事ではない、本当の恋なんだ、と思い込もうとし、またある程度思い込みもした。だが、女の子たちは、私が彼女たちのことを、決して本当には愛していないこと、愛することのできないことを敏感に感じ取り、私から離れて行った。

　大学院に入った年の春、その合格祝いに招かれた佐伯の家で、私は、節子と結婚しないかということを、ほのめかされた。節子には異存はないような口振りであった。私はその話よりも、久し振りで注意してみた節子が、以前とははっきり違った感じを持ってきたのに、気をひかれた。感じのいい笑い顔、少し大人びたが、やはり娘らしい優しさ、時折見せる負けん気、そういったものには全然変りがなかった。だが、その時の節子には、どことなく、しかしはっきりと、以前には決してなかった、全ての事柄に対するある種の投げやりな感じがあった。節子を知らぬ人なら、その変化には気がつくまい。仮に気がついても、強情な所のあった娘が、あまり自分に拘泥《こうでい》しなくなった、よい傾向と思うだろう。節子は投げやりになったその分だけ、ひとに優しくなっていたから。だが、私は節子を知っていた。節子は苦しんだのだな、と思った。

　節子は大学に入った当座、女子大の歴研の部員になり、当時学生の中でも最左翼として知られていた駒場の歴研との合同研究会に出席していた。私も一、二度、駒場の構内で節子と出会い、立話をしたことがある。節子は、ある時は楽しげな様子であり、ある時は疲れてみえた。また、研究会だけではなく、実際の学生運動とも無関係ではなかったらしい。私が、他の平凡な学生たちと同様、何事も経験だと思って出かけた一、二回のデモの折にも、東京女子大の一握りばかりのささやかなデモ隊の中に、節子の姿をみた。そして、そういう活動の間に、節子が恋愛をしていないはずはないと、私には思われた。私の知っている節子は、何人もの男の学生とつき合いながら、一人も好きになる相手を見出せないような女の子ではないはずであった。

だが、私との結婚話が出た時、節子は大学を終え、就職することになっていた。（私が五年かかったので、私たちの卒業は一緒になっていた。）政治運動には、もう関心を持っていないらしかった。恋人もいない様子であった。私は、節子さえ私を受け入れる気になっていてくれるのなら、節子と結婚してもいいと思った。私たちは恋し合うこと、あるいは恋人らしく愛し合うことはできまい。それは仕方がないことだ。だが、私たちは互いに好意を持ち合っている。私たちはうまくやって行けるだろう。大学に入って直ぐに、互いに夢中になって結婚してしまった場合より、ずっとうまくやって行けるだろう。そう私は考えた。

その日、節子は一時半頃来た。節子の勤め先の商事会社のある大手町のビルから、私の下宿のある西北の郊外の町までは、小一時間かかった。地下鉄で池袋に出、そこから私鉄に乗ってN駅にくる。N駅のあたりから私の下宿の付近にかけては、ここ二、三年住宅がパラパラと立ち並びはじめたが、その間にはまだのどかな畑地が拡がっている。節子はN駅から、そこを通って、バスで私の下宿に来た。

私たちは週に二遍会った。毎火曜日の夜は、アルバイトの帰りに、私が佐伯へ行った。それは佐伯の叔母の希望だった。土曜日は映画に出かけたり、下宿でずっと過ごしたりした。私たちは、かなり出不精《でぶしょう》の方であった。

その日も、私たちは出かけなかった。そして、いつも私たち二人が下宿にいる時、そうするような仕方で、時を過ごした。夕方、節子は手際よく、簡単な夕食を作った。

昼間、晴れ上っていた空は、夕暮時から黒い雲に低くおおわれ始め、かなり強い風が、二階にある私の部屋を揺らして、まわりに拡がった畑地を吹きぬけて行った。風が吹き渡るにつれ、土埃りが広い畑地一面に巻き上り、わずかに残る残光にその薄暗い影を浮き上らせて、移動して行った。

私がガラス窓越しに外を眺めながら、オープンシャツのボタンをとめていると、野菜をいためていた節子は、その私の肩越しに言った。

「私、こうやって、一生あなたのお食事、作って上げるのかしら」

節子の声は、少しもの憂《う》げにきこえた。

「奥様稼業が厭《いや》なら、一生勤めていたっていいよ」

私はそう答えながら、少し無造作すぎたと思った。私が節子に優しくしようとすると、どうしても、そういう風になるのだった。

「ううん。やっぱり私が作って上げる。おいしいもの食べさせて上げるわよ」

節子は、別に私の無造作さを怒りもせず、節子らしい優しい口調で、そう言ってくれた。

私たちは概して頑《かたくな》ではなかった。私たちは大体において、できるだけ相手に優しくしようとしたし、また事実優しかった。私たちは、頑になり、相手に対する優しさまでを犠牲にして守るべき何ものをも、持っていなかった。

節子はいため終った野菜を皿にとりながら、ふとつけ加えるように言いさした。

「ただね……」

「ただ、何だい」

節子は少し考えるような様子をした。が、すぐ、

「ううん、何でもない」

と、小さく首を振った。

食事が終ったあと、節子は足を少し崩し、ちゃぶ台に肘《ひじ》をついて、私の胸元を見るともなく見ながら言った。

「横川さんね、ばれちゃったんですって」

「誰に」

「先生の奥さんに」

横川というのは、節子が会社で机を並べている女の同僚であった。節子と同じ年に都内のある大学の仏文科を出て、一人でアパート暮しをしているのだが、大学の時の主任教授と特に親しい関係にあるという話だった。その教授の顔は、私も雑誌でみたことがあったが、どこと言って目立つ所のない、どちらかと言えば貧相な感じの人であった。まだかなり少女っぽい所の残っている横川和子が、教授と何故そうした関係になったのか、局外者の私には全く想像ができなかった。

「先生のお宅には電話も手紙も駄目だし、研究室の方は、声も筆跡も知られているから、なお更、困るし」

節子は、何とはなしに茶のみ茶碗を手にとり、それを両手で包むようにして揺さぶりながら続けた。

「それで、私に代りに研究室に電話をかけて呉れって頼まれてしまって、断る訳にも行かないから、昨日の昼休みにかけて上げたの。先生が出た所で代ったら『先生、私』って涙声出しているのよ。悪いから、すぐ離れたので、そのあとは知らないけど、今日は、仕事が終ると、すぐ飛び出して行ったわ」

私はいつか行った新宿の天ぷら屋のことを思い出した。新宿にしては少し高級な店で、推理小説の翻訳の下請けで少し金のあった私は、誕生祝いも兼ねて節子をそこに連れて行ったのだが、スタンドに坐ると、若い同士の二人連れは自分たちだけで、あとは、まわりの客も、また奥の小部屋に出入りする客も、みな一つの例外もなく中年の男と若い女、それも課長級の会社員とBGといった感じの組み合せであることに気づいた。そして、男たちはさり気ない顔をしているが、若い女たちは、あるいはじろじろと、あるいはちらちらと、しかしみな一様に私たちを気にし、憎むような視線を送ってよこしていた。節子はそれを感じとって、避けるように私に身を寄せた。私は、彼女たちは幸福ではないのだな、そして、私たちを幸福だと思っているのだな、と感じた。事実、そういう時の節子は本当に幸福そうにみえた。それとも、節子は本当に幸福だったのだろうか。

「横川さん、可哀想だね」

私は節子に答えた。

「可哀想よ、そりゃあ。ただね……」

「えっ」

節子は、まだゆっくりと茶碗を揺さぶっていた。

「あのねえ。私たちって、本当に平穏ね」

「ぼくら二人が、それを望んだから」

節子は茶碗の中でゆっくりと揺れ動いている液体をみながら、しばらく黙っていた。

やがて節子は、茶碗をそっと食卓の上におくと、言った。

「私、あなたに会うために、横川さんみたいに血相変えて飛び出したことあるかしら」

私はちゃぶ台の上の節子の手をとって、私の手で包んだ。

「新宿の天ぷら屋のこと、覚えているだろ」

「ええ」

「あそこにいた女の子たちだって、全部が全部、金のため、ああした所に連れてきてもらうためだけに年上の男と一緒にいる訳じゃないと思うよ。横川さんだって、先生を愛していたからって、やはりああした惨めな、不幸そうな顔をすることがあるのかも知れないよ」

「だからって……」

「ぼくは思うんだけど、幸福には幾種類かあるんで、人間はそこから自分の身に合った幸福を選ばなければいけない。間違った幸福を摑《つか》むと、それは手の中で忽《たちま》ち不幸に変ってしまう。いや、もっと正確に言うと、不幸が幾種類かあるんだね、きっと。そして、人間はそこから自分の身に合った不幸を選ばなければいけないのだよ。本当に身に合った不幸を選べば、それはあまりよく身によりそい、なれ親しんでくるので、しまいには、幸福と見分けがつかなくなるんだよ」

「あなたの言うことは、頭がよすぎて、私には判らなくなってしまうわ」

節子は自分の手を包んでいる私の手を暫《しばら》くみていたが、やがて、それをそっと解き放すと、今度は逆に自分の手で私の手を柔かく包み込み、それをみつめながら、続きのように言った。

「さっき、御飯の前、あなたに御飯は作って上げるけど、ただね……って、言ったでしょう。私が何言いかけたか、判る？　私が言いかけたのはね、私があなたのために御飯を作る、あなたが私の作った御飯を食べる、それはいいけど、ただ、何故私があなたのために御飯を作るか、何故あなたが私の作った御飯を食べるか、その二つの何故が、同じなのか、別なのか、何かよく判らなくて、不安なことがあるってことなの」

「男と女が一緒にいるってことは、それだけで、かなりいいことなんだよ、きっと」

私はなだめるように言った。

「それはそうよ。でも」

節子は、節子らしくなく、こだわった。

「二つの何故が、あまりばらばらじゃ、やっぱり厭よ」

節子はその言葉の終りの方を、急に少し早口で言うと、そっと腰を浮かし、食卓のまわりをにじりまわって、私に寄りそってきた。私はその身体を抱きとめながら、節子は少し疲れているようだと思った。節子の身体は、やや火照《ほて》っているようであった。

その日の帰りがけ、節子は壁にかけてある鏡の前に立ち、軽く髪を直していた。そして、ふと、そこに映っている本棚をみて、言った。

「あら、新しい本をお買いになったのね」

節子は振り向いて、本棚の傍《そば》へ行き、私が数日前に古本屋で買ったH全集の一冊を手にとり、

「きれいな本ね」

と言いながら、大して興味もなさそうにぱらぱらとめくった。

「古本なんだよ」

と、節子は本を閉じ、本棚へ返そうとした。が、急に返すのをやめ、表紙を開いて扉の所を覗《のぞ》き込んだ。

「どうしたんだい」

「判が押してあるわ」

節子は答えた。

そのことは、私も知っていた。H全集には、みな蔵書印が押してあり、少し書き込みもあった。だが、それは書き抜く場所の覚え書らしく、普通の黒鉛筆で、薄く傍線がひいてあるだけであった。それを見て、私は慎《つつま》しやかな、見知らぬ旧所有者に、軽い好意を感じていた。

節子はその蔵書印を見つづけながら、言った。

「これ、何て読むのかしら」

だが、ひどく崩したその字は、私にも読めなかった。その蔵書印は、ひょうたん形をした、ちょっと珍らしいものであった。

節子は、なおもそれを読もうとし、眉を寄せ、少し口をとがらせて、にらんでいた。

それは節子が昔よく見せた、何かを真剣に考え込む時の癖であった。こんな表情は、久しく見せなくなっていたのだが、と私は思った。

「この本、ちょっと持って行ってもいい？」

「いいよ」

私は節子がその印に妙にこだわるのを、おかしく思った。節子はクイズとか、判じものを解くのに夢中になる性質《たち》ではなかった。

「でも、どうしたのさ」

「ううん、別に何でもないけど」

節子は、そう答えた。

私はいつものように、佐伯まで節子を送って行った。外はいつの間にか、かなりの荒れ模様になっていた。夕刻からの風は更に吹きつのり、暗い畑地を吹き荒れて過ぎた。暗い一面の夜空は、夜光虫のようにほのかに光り、そこを真黒なちぎれ雲が騒然と飛び去って行った。私は佐伯の家の前で節子と別れて、帰った。

二日越えての火曜日、私は佐伯へ行った。節子の弟たちもまじえてのにぎやかな夕食のあと、節子は私をテレビの前から自分の部屋へ連れて行った。叔母は、

「節ちゃんは、いつでも、文夫さんをすぐ自分だけに取ってしまう」

と、言葉だけは不平らしく言ったが、そこには私たちの仲のよさへの安心と喜びが一杯に溢《あふ》れていた。

だが、節子がいつも私を自分の部屋へ連れて行くのは、節子らしい優しい敏感さで、私の気持を察して呉れているからだった。私は佐伯の人たちが好きだったし、特に、もう五十になりながら、まだT省の課長をしている人のいい叔父には、ずっと好感を持ちつづけていた。しかし、佐伯の人たちが叔父を中心に茶の間のテレビの前に集まってつくるなごやかな団欒《だんらん》の雰囲気の中で、私はいつも何か当惑したような気持になってしまい、何かその場にそぐわない変なことを自分が言ってしまいそうな不安にかられるのだった。

狭く居心地のよい節子の居間で、私たちは坐り机をはさんで、坐った。とりとめのない雑談のあと、節子は立ち上ると、本棚から、先日私の所から持って行ったH全集の一冊と、更にもう一冊、別の薄い本を抜き出し、その二冊の本を、表紙を開いて、坐り机の上に置いてみせた。見ると、その二冊の本の扉には、いずれも同じ、あのひょうたん形の蔵書印が押してあった。

節子の説明によると、その薄い本は、駒場の歴研の部員であった佐野という学生から借りたものであった。そう言われれば、それは佐野と読めた。節子は、佐野とはもう四

年以上も会わず、住所も判らなくなっていた。節子は、何故か急にその本を返したくなったと言い、また、

「この本は、半ばもらったようなものなのだけど」

と言って、次のように語った。

節子の記憶

佐野と節子が知り合ったのは、駒場の歴研との合同研究会の席であった。彼は共産党員であったが、研究会の席上では、あまり発言する方ではなかった。だが、節子には、それは、ただ内気なためではなく、何か勢いよくしゃべることをためらわせるものが、彼のうちにあるためだというように感じられた。一口に言って、彼は節子にとって「特に親しくはなかったけど、好感を持っていた何人かの人」の一人であった。

節子が大学一年の秋、つまり佐野が二年の秋だった。ある日、節子は渋谷で人を待ったが、二時間待っても会えなかった。節子は疲れた気持で国電に乗り、そこで偶然佐野に会った。佐野は少し緊張した顔をしていたが、節子に気がつくと、ひどく人なつっこい笑い顔をみせ、近寄ってきた。そして、珍らしく色々としゃべり、新宿で降りて、少し話をしないかと、節子を誘った。そういうことは、これまでになかったことだった。

二人は喫茶店に入り、とりとめなくしゃべった。佐野は陽気にしゃべりながら、時折、ふと黙り込んだ。喫茶店を出たあと、佐野は更に、代々木の方へ散歩に節子を誘った。もう、夜であった。

二人は随分歩いた。佐野も、疲れていた節子も黙り勝ちであった。人気のない所で佐野は立ち止まると、急に言った。

「ぼくは、もう、君たちと会うことはないと思う」

節子は咄嗟《とっさ》にその意味が判らなかった。

「研究会、おやめになるの？」

「うん。研究会はやめる。学校にも、もう来ない」

節子には、あっという予感があった。が、やはり疑ってきいた。

「どうかなさったの？　お国にお帰りになるの」

「ううん、違う。訳は言えないことになっているんだ」

暗いので、佐野の表情は見えなかった。が、暗さの中にぽつねんと立ち尽した佐野の全身には、淋《さび》しさがにじみ出ていた。暫くして、彼はぽつんと言った。

「潜《もぐ》るんだ。今日、決まったんだ」

その夜、佐野はもっとしゃべりつづけたそうだった。しかし、節子はひどい疲れを感じた。

節子は、共産党に地下の軍事組織があること、そして、そこに参加して行く学生たちがいることは、おぼろげに知っていた。だが、身近かの学生が、自分の前から消えて行った経験はなかった。節子は佐野の話をきいて、その事実から激しい感動を受けた。そして、それと同時に、ある個人的不安が節子の胸を一杯にした。節子は急にひどい疲れにおそわれ、もう立っているのさえ、辛《つら》かった。二人は代々木から、再び国電に乗った。

二人は、夜更けの電車の、なるべく人のいない窓際に身を寄せ合って立った。節子は、おさえられない不安に駆られて、低い声で佐野に色々のことをたずねた。しかし、佐野はもう、何も具体的なことは語ろうとしなかった。節子が知りえたのは、今度学校を離れて行くのは、佐野一人ではないということだけであった。

暫くの沈黙のあと、節子は佐野に言った。

「あなたは、やっぱり偉いわね」

それは一つの運命を自分の意志で選んで、その中へ入って行くものへの驚きの気持であった。佐野は、だが、眩《まぶ》しそうな表情をした。

「偉いって……」

佐野はそう言いさして、ふと、まわりを見まわした。そして、声を低め、言葉を選びながら続けた。

「偉いって、ぼくのことを強いと思って、そう言ってるの？　そうじゃないんだよ。ひどく弱いんだよ。弱いから、やってみようと思うんだよ」

「やってみようとするだけでも、大変なことだわ」

「そうじゃないんだよ。弱いっていうのは、謙遜《けんそん》や、みな人間には弱い所があるっていうような意味で、言っているんじゃないんだよ。ぼくはね、裏切り者なんだよ。裏切ったことがあるんだよ」

別れ際に、佐野は鞄《かばん》から一冊の本を取り出して、言った。

「これ、読もうと思っていたんだけど、どうせ、もう読む閑《ひま》はないんだ。よかったら、持って行って。もし、ぼくらの思っていることが成功して、会うことがあったら、返してもらうから」

（「節子の記憶」終）

「これがその本なの」

節子は眼の前の、H全集と並べられてあった本をとり上げて、そう言った。そこに押されたひょうたん形の蔵書印の朱色は、幾分褪《あ》せていた。私はその薄い本を手にとってみた。それは意外に重かった。

そういう生き方もあったのだ、という思いが、私の中で揺れ動いた。駒場の大教室で、表面何の変りもなく、隣りの席に坐り合わせていた学生たちの中にも、そういう情熱があり、そういう生き方があったのだ。だが――と、私はすぐ思い返した――そうでない生き方もあったのだ。そうでない生き方しかできなかった奴《やつ》もいたのだ……、おそらく、佐野という奴が、そうした生き方しかできなかっただろうと、同じように。

節子は、佐野の消息を知るために、歴研での知合いで、駒場で佐野と同級だったAに手紙を書いたと言った。

「Aに？」

私はAを知らなかった。だが、問い返したのはそのためではなく、野瀬の方がよいのではないかと思ったからであった。野瀬は駒場で私と同じクラスだったので、私も知っていたが、当時、駒場の歴研のキャップで、顔も広く、節子とも割合親しかった様子だった。

だが、私がそれを言うと、

「だって、あの人は駒場寮だったから、今の住所は判らないわ」

と節子は答えた。

「だけど、野瀬は富士重の東京本社だから、人事課に問い合わせれば、すぐ判るよ」

「そこまでしなくても。それに、もう出してしまったんだから」

節子は、話を打ち切るように、そう言った。それは節子の言う通りだった。野瀬にせよ、Aにせよ、どうでもいいことだった。だが、いずれにせよ、佐野のことに、そんなにこだわるのは、近頃の節子らしくないと、私には思えた。


その翌週の土曜日、節子はAの返事をもって、私の下宿にきた。

結局、現在の佐野の消息は判らなかった。Aは、佐野たちが潜った時も大学に残り、一九五五年、節子が大学二年の夏、共産党の第六回全国協議会の決定で、軍事組織が解体され、佐野たちが大学に戻った時、彼らを迎えた。その時、佐野は多くの他の学生たちと一緒に、共産党を脱《ぬ》けた。

六全協による打撃は、

「ぼくも含めて、党と革命に自分の生活の目標を見出していた学生にとっては、殆ど致命的なものに思えました」

とAは書いていた。

「それは決して佐野だけの問題だったのではありません。党が間違っているなどとは、考えられないことでした。六全協の決定は、ぼくらがそれまで信じてきたもの、信じようと努力してきたものを、殆ど全て破壊しただけではなく、その誤ったものを信じていた、あるいは信じようとしたぼくらの努力の空《むな》しさをはっきりさせることによって、ぼくらの自我をも、すっかり破壊してしまったのです。ぼくらは、いわゆる新方針を理解することも、批判することもできなくなってしまいました。ぼくらは、暫くは茫然自失の状態で、世の中に何か正しいことがあるということすら、信じられなくなっていました。ですが、やがて半年たち、一年たちすると、かなりの人々はそのまま世間の中へまぎれ込んで行き、他のある人々は党の新方針なるものの下で、再び馬車馬的に動きだしました。そして、そうならなかった少数の人たちが、自分たち一人一人が党でなければならないことを理解して、新しい学生運動のために働き出したのです。

　ただ、佐野だけは、そのいずれでもありませんでした。彼は六全協の痛手から回復することなく、いわば世をはかなんだような生活を送っているとみえました。大学でぼくらと出会っても、顔を伏せ、なるべく知らんふりをして通って行くのでした。ぼくは、そうした佐野の中に、自分でもどうにもならぬ小市民性と、それを批判する強い良心との矛盾をみたように思います」

　そして、佐野は昨年の春、一年遅れて大学を卒業し、S電鉄に入った。共産党員であったことは、判らなかったらしい。それは別に珍らしいことではなかった。就職と同時に、彼は住所をかえた。会社宛に出した暑中見舞の返事はなかったという。

「Aって、今は何をしているんだい」

私は節子にたずねた。

「大学院に入って、噂《うわさ》によると、共産主義者同盟の理論家だそうよ」

共産同とは、代々木の党本部に対立して、その頃の学生運動を指導していた派であった。

「おそろしく真面目な手紙だね、これは」

「素直な、いい人だったわ。でも、いつも何かに義理を立てていなけりゃ、いられない人なのよ」

節子は私からAの手紙を受け取って、ちょっと考えるようにしてから、言った。

「ねえ。曾根さんて、O高校でしょう」

曾根というのは、駒場での私の同級生で、遅れた私より一年早く英文に進み、今は英文科の助手をしている友人だった。

「そうだよ」

「あなた、お気がつきにならなかった？　この手紙に、佐野さんはO高校出身だって書いてあるでしょう。曾根さんに聞いてみたら、判るんじゃないかしら」

そういわれれば、そう書いてあるところがあったように思われた。そして、私は親しい友人である曾根が、O高校出身だということは、よく承知していた。だが、何故か私はそれを読み落してしまっていた。

「それは判るかも知れないね。でも、どうして……」

「だって、気になるのよ。一度調べ出したんだから……」

結局、私は節子に、曾根に佐野のことをきいてみると、約束した。

私はその頃、修士論文を書いていたので、講義には滅多に出ず、研究室にも、あまり行かなかった。土曜日にした節子との約束は、幾分重苦しい感じで心にかかっていたが、その翌週も研究室へは行かず、アルバイトと火曜の佐伯の家以外は、下宿に閉じ籠《こ》もって過ごした。節子は別に催促がましいことは言わなかったが、返事を待っている様子はみてとれた。節子との約束から十日目の火曜日、私はアルバイトの前に、少し義務を負わされたような億劫《おっくう》な気持で、研究室の扉を開けた。

入ってすぐ左手の小部屋は、学生たちの勉強部屋兼溜《たま》り場になっていたが、丁度三時限の講義が終って、学生たちがそこに戻ってきた所なのだろう、十人ばかりの学生たちがやがやと集まり、中でも、大学院の修士課程一年の山岸徳子と、研究室の事務をしている福原京子を中心にして、四、五人の女子学生たちが、一際《ひときわ》華やかな話し声を立てていた。

「あら、大橋さん、珍らしいのね」

山岸徳子が私を見つけて、早速声をかけた。

「修士論文に御専念していらっしゃるのさ。ところで、曾根はいるかい」

「曾根さんはご用事でちょっと出てらっしゃいますけど、もうすぐお戻りになります」

今年、日本女子大を出た福原京子が答えた。

「ねえ、ねえ。大橋さんも、修士論文とやらをお済ませになったら、スキーにいらっしゃらない。佐伯さんとご一緒に」

そう私を誘ったのは、山岸徳子だった。その集まりは、どうやら冬休みのスキーの下相談らしかった。山岸徳子は東京女子大の出身で、節子を知っていた。

「楽しそうだね」

私はそう言って、その連中の横に坐り、ぼんやりと曾根を待ちながら、本当に節子と一緒に、みなのスキー行に加わろうかと考えた。それは陽気な無駄口と、スポーツの爽《そう》快《かい》さと、女の子たちの華やかな笑い声に充《み》ち充ちて、きっと楽しいだろう。

暫くすると、扉を開けて、曾根が入ってきた。私の顔を見ると、左手を軽く上げて挨《あい》拶《さつ》し、そのまま奥の助手の仕事部屋の方へ行った。私も立ち上って、あとから助手室へ入って行くと、曾根は机の前に立ったまま、何か仕事をしていた。声をかけたものか、どうか、私が少しためらっていると、曾根は顔を上げて、ちょっと私の方をみた。

「久し振りだな。どうだい、論文は」

「まあ、まあ、さ。相変らず、忙しいらしいね」

「まあね」

曾根は左手に書きかけのメモを持ったまま、こちらに来て、私の前の椅子にゆっくりと腰をおろした。曾根はどんなに忙しくとも、忙しそうな顔はしたがらぬ男であった。彼は煙草に火をつけながら言った。

「何か、用事かい」

「いや、別に」

私は、今更佐野の話を持ち出すのも億劫になって、つい、そう答えた。それに、研究室にいて、曾根が閑な訳はないのだ。

「まあ、ご機嫌伺いってところさ」

それをきいて、曾根は、へえ、というように軽く笑ってみせ、思い出したように、

「そう、そう。昨日きた新刊書の中に、君のテーマに関係するのが、一冊あったよ。ほら、あの机の上の奴だ。研究室で買うから、持って行っていいよ」

「ああ、ありがとう」

曾根は、「いや、いや」というように、軽く頭を振り、煙草をゆっくり二、三服吸ってから立ち上った。

「よかったら、少し待ってろよ」

そう言い残して、隣りの教授室へ入って行った。

私が曾根の机の所へ行って、その上の新刊書を手にとってみていると、斜め向いの席から、もう一人の助手の宮下が私に声をかけた。宮下は私より三年上で、曾根より二年前に助手になっていた。

「大橋君、今日はお忙しいですか」

「夕方、バイトがありますが」

宮下は立ち上ると、肩幅の広い、いかつい身体をもてあますように、不器用にこちらに歩いてきた。

「どうです、これから三十分位。お茶でも飲みませんか」

「ええ、それ位なら空いていますが」

そう答えながら、私は少し不思議に思った。宮下とは、お茶に誘われるような間柄ではなかった。だが、ここでこのまま待っていれば、曾根がまたやってくる。そうすれば佐野の話をすることになるだろうが、それは何故かひどく億劫だった。私は、宮下のあとについて、研究室を出た。

出がけに宮下は、福原京子が山岸徳子らとおしゃべりしているのを見咎《みとが》めて、立ち止まった。福原京子は、その視線に気づくと、黙って、すうっと自分の席に戻り、仕事をはじめた。階段を降りながら、宮下は、

「福原君は、少し眼をはなすと、すぐあれだから困る。でも、私の言うことはきくんです」

と言った。

宮下は私を正門から少し離れた、あまり学生たちのこない喫茶店に連れて行くと、少し雑談をしたあとで、言い出した。

「君の婚約している相手の方は、I商事に勤めているそうですね」

「ええ」

私は宮下が何を言い出すのかと、いぶかしんだ。

「実は」

大きな角張った顔を少し赤らめながら、宮下は続けた。

「最近、ぼくは見合いをしたのですよ。その相手の人がI商事に勤めているのです」

二週間ほど前の日曜に見合いをし、それから既に二、三度は会い、ほぼ結婚するつもりにまでなっているが、最後の返事をする前に、もう一度、節子を通して、どんな人なのか、確めたい。それが宮下の用件であった。

私は、結婚の相手のことを、第三者を通じて確めようとすることに、反撥《はんぱつ》する気持をおさえられなかった。それは卑怯《ひきょう》なことと思われた。私はその気持を隠すために、つとめて丁寧な言葉を選ぶようにして言った。

「気に入っていらっしゃるのなら、別にお確めになることも、ないのではないでしょうか」

「いや、これはやっぱり一生の大事ですから、念には念を入れないと」

宮下はちょっと言葉を切り、私の顔をまともにみながら、続けた。

「特に、ちょっと言いにくいんですけれども、交友関係をよくきいてほしいんです。ぼくはヴァジニティということを厳密に考えたいと思っている。たとえ一度でも男と手を握り合ったら、それはもうヴァジニティを失ったと考えるべきだと、思っているのですよ」

そういうことは直接おききになった方がいいでしょう——私は、そう言いたかったのだが、それは私の言うべきことではなかった。私は別のことをたずねてみた。

「それで、その方のお名前は何というのですか」

「横川和子……横川和子さんといいます」

驚きが身体を走った。宮下の見合いの相手は、妻子のある中老の教授との恋愛に、心も身体も燃し切っているかにみえた横川和子だった。見合いの日が二週間前と言えば、あの節子が代りに電話をかけた日の翌々週の日曜日にあたる。その十日足らずの日々に、どういうせめぎ合いと変化が、横川和子の心の中に起きたのか。

「和子さんとは、いいお名前ですね」

驚きを隠すために、私は意味もないことを言った。が、宮下が私の驚きに気づくはずはなかった。

「ええ、名前だけではなく、感じも本当に柔かい人です。あの人は、信じられる人だと思います。本当に安心するためだけなのです、君に頼むのは」

名前をきいたので、私が頼みを引き受けたとみてとった宮下は、安心したように話し出した。それは、宮下には不似合なほど、優しい調子だった。

「ぼくは昔から思っていたのですよ、嫁さんにはおとなしい人がいいと。男にはどうしても一生の仕事があります。ことにぼくら学者には。だから、女の人は、昔風な言い方になりますけれども、男に仕えてくれなければいけないと思うんですよ。その代り、ぼくは自分の妻を裏切るようなことは絶対しません。将来、ぼくが博士論文を出す時には、世間から何と言われようとも、その扉には、『黙々として尽して呉れた妻へ』という献辞を、必ず入れようと思っています」

「でも、これからの女の子は、自分で博士論文を書きたがるかも知れませんね」

「ええ、うちの研究室など見ていると、ぼくもそう思いますね。ぼくなど旧《ふる》いのかも知れません。でも、大橋君。君にも解ってもらえるか、どうか、知りませんが、旧いから正しいって事柄だって、あるのではないでしょうか。男と女の関係など、いや人間などというものは、決して変るものではありませんよ。そして、その変らないものについて、何百年、何千年と考えてきた知恵の積み重なりが、いわゆる旧い考え方の中にはあるのです。ぼくの考え方など流行遅れで、人には馬鹿にされるかも知れない。だけど、やはり、正しいものは正しい。ぼくはそう思っているのです」

「ただ、それでも、何人もの女の子たちが、例えば現実に大学院に入り、学問を仕事にしだしているということは、それだけ、男と女の間も変るだろうということにはなりませんか」

「曾根君なども、そう考えているらしいですね。でも、大学院に入る試験に受かるということと、学問をする能力があるということは、二つの全然別の事柄ですよ。ただ試験に受かることにプラスする何か、よく説明はできないのだけれども、説明してはなくなってしまうような何かが、学問には必要なんです。そして、その何かが、女性には先天的に欠けているんです。女の人の幸福は学問をする所などにはありません。ぼくは、うちの研究室の女性たちをみていると、彼女たちが無理をしているのが気の毒で、というより、むしろ惨めで、思わず、眼をそむけたくなるんです。その点、福原君などをみると、ほっとする感じですね」

それは多少は本当かも知れない。少なくとも現在の所、何人かの女の子たちに、無理な姿勢がみてとれるのは本当かも知れない、と私は思った。だが、それはどうでもいいことだった。私は節子と暮すだろう。それ以外の、女性一般と学問のことなど、私には関係がない。私は話をそらさせようとした。

「福原さんは、とてもおとなしそうな感じですね」

「ええ、おとなしいと言うか、何と言うか」

宮下は少し考えて、続けた。

「ともかく、違いますよ。それは、さっきみたいに、ぼくの眼をかすめておしゃべりすることはある。でも、その全てが、女の子という枠の中ですよ。根本の所では素直な人です。福原君はいい奥さんになれる人ですね。それなりの筋道を踏んで知り合ったのなら、ぼくらみたいな学者の妻にもなれる人だと思います」

「研究室でお知り合いになったのでは、いけないのですか」

「それは駄目です」

　宮下は、はっきり答えた。

「ぼくは学者なのです。ぼくは見合い結婚以外、考えたことはありません。サラリーマンのように、機構の中に入り、外面的束縛に身をまかせ、それで自分を支えて、毎日毎日を過ごして行けばいいのなら、恋愛もいいでしょう。でも、学者は、自分で自分を律して行かなければならないのです。そして、自分で律するとは、とりも直さず、客観的な秩序、つまりぼくらのまわりに存在している秩序を認めるということです。だから、その秩序の中に既にいる人が、その秩序にふさわしいものとして取りはからってくれる見合い結婚という様式、いわば秩序の再生産としての見合い結婚という様式を、ぼくらが尊重するのは、当然というよりは、むしろ、自然なことなのです。恋愛は、それがどんなに周囲に祝福されているようにみえても、本質的に反秩序的なものです。いや、ぼくは性的欲望についてだけ言っているのではありません。そうではなくて、相手が自分にとって何よりも大事なものになるというプラトニックな愛情自体のうちに、既に反秩序的傾向、自分が属している秩序から脱け出して自由になりたい傾向があるのです。いや、逆なのかも知れません。自由になりたいという願望が、恋愛を生み出すのかも知れません。ですが、自由が何でしょうか。世界の中の束の間《つかま》の存在であるぼくらにとって、自由が何でしょうか。もし、学者で、恋愛をしているなどという人がいるとしたら、それは、そでしょうか。そもそも、ぼくらは自由を逃れるために学問を選んだのではないの人の学問か、恋愛か、少なくともどちらかが、偽物であるはずですよ。だって、君、もしぼくらが恋愛などしたら、何に頼って、学問などという辛い手仕事を続けて行くことができるのです」

宮下は、急にそこで言葉を切ると、自分が少ししゃべりすぎたのを恥じるように、黙り込んだ。そして、暫くしてから、低い声で、つけ加えるように言った。

「ぼくはさっきヴァジニティのことを言いましたが、下らないことにこだわると思われたかも知れない。でも、それを下らないと考えるのは、人間であることのおそろしさを知らないからです。一度でもそういう可能性を知ったら、結婚している相手以外にも異性はいるのだと知ったら、男にせよ、女にせよ、貞節でいられるものではありません。男女七歳にして席を同じゅうせず、と言った昔の人は、人間について、本当に考えぬいていたのです」

別れしなにもう一度、横川和子のことを調べてほしいと、宮下は私に言った。私は承知したと答えた。喫茶店の前で別れると、宮下は私に背をむけ、広い肩の右側を少し落し、右足を引きずるようにして、正門の方へ歩いて行った。

宮下との話で始めるのが多少遅くなったアルバイトを済ませて、佐伯へ行くと、節子は一人食事をしないで、待っていて呉れた。私は食事をしながら、今聞いてきた宮下と横川和子との見合いの話をした。

「そう」

節子は黙って、聞いていたが、暫くして、茶碗を手に持ったまま箸《はし》をとめて言った。

「そう言えば、もうかなり前からそういう話きいているの。相手の先生が、見合いをしろって勧めるんですって。相手は私が見つけてくるから見合いをしろ、私のためだと思って、見合いをして呉れって、何遍も言われているって、言っていたわ」

ああ、そうなのか、と私は思った。宮下の研究指導をやっているI教授が、横川和子の出たN大学の英文科に席があった。だから、横川和子、相手の仏文の教授、英文のI教授、宮下というつながりなのだろう。そう私は思った。

「自分の恋人に見合いを勧める気持って、切ないでしょうね」

節子は茶碗と箸を置くと、そう言った。

「自殺する勇気がなければ、死ぬまでは生きていく他はない。そう思うと、今の横川さんとのことが、急にこわくなるんだよ、きっと」

「それは、自分の年を考え、横川さんの年を考え、先のことを考えれば、こわくなるんでしょうけど……。でも、和子さんが可哀想だわ、今更……」

「だけど、見合いしないからって、それだけ可哀想じゃないってものでもないだろう。横川さんだって、結婚するつもりなんだよ、この辺で。そうでなければ、見合いのあと何遍も会いはしないと思うな」

「そうねえ。でも、可哀想ねえ」

宮下も、ひどく可哀想なのかも知れない。その時、私は急にそう思った。節子は横川和子のことをきいて、少し気持が沈んだ様子だった。食後、私が、曾根が忙しくて佐野のことを聞けなかったと言うと、

「そう」

と、そのことには、もう全く興味を失ったように答えた。そして、暫く黙っていたが、急に元気に、

「そんなこと、どうでもいいのよ」

と、笑顔をみせ、

「ねえ、駅前の映画館に、映画を見に行かない」

と私を誘った。

私たちは、もうすっかり冬めいたその夜、佐伯の家のそばの立て混んだ小さな駅前商店街にある場末の映画館で、古いドタバタ喜劇とお盆用のお化け映画の二本立をみた。節子は陽気に笑ったり、恐がったりして、本当に幸福そうだった。映画がはねての帰り、星がきらきらと輝き、寒さがしんしんと身にしみ込んでくる夜の中を、私たちは腕を組み、身体を寄せ合って、佐伯まで帰った。その夜、私は佐伯に泊った。客用の座敷の蒲団には、叔母が、もう炬燵《こたつ》を入れておいて呉れた。

私は天邪鬼《あまのじやく》だったのだろうか。私は自分が生来そういう性質だったとは思わない。だが、節子が佐野のことに興味を失った様子なのをみると、私には、かえって妙に、佐野のことが気にかかり出した。

節子の場合は昔の友人の消息に対する関心だったのだろうが、私の場合は、H全集の旧所有者に対するそれだった。やがて古本屋の主人に約束した一カ月が経って、私はH

全集の残り半分を引き取り、下宿の本棚に並べたが、そうしてみると、最初H全集を古本屋の棚にみた時のあの奇妙な執着がにわかに生々しく思い起こされて、旧所有者のことを知ってみたい、できれば会って何故買ったばかりのH全集を手放したか確めてみたいとすら、思われてくるのであった。それは少し妙な話なのだが、H全集への執着が、旧所有者である佐野と呼ばれる男の消息への執着に変身したかのようであった。十二月はじめのある金曜日、私は曾根を渋谷の喫茶店に呼び出した。

佐野は死んでいた。

「君の高校の同級に、佐野という人がいたろう。今、どうしている」

そう、私が切り出すと、曾根は顔を上げ、逆に問うように言った。

「君は佐野を知っていたのか」

驚きがその言葉の中に響いていた。私がそれを聞いて、はっきりとは判らぬながらも、そこに死のたたずまいを感じとったのは、何故だったのだろうか。私はH全集のこと、節子の持っていた本のこと、節子と佐野の関係などを、手短かに、不吉な予感に緊張しながら、曾根に話した。曾根は眼を落して聞いていたが、聞き終ると、短くなっていた煙草を灰皿でもみ消し、眼を上げて言った。

「佐野は死んだんだ、睡眠薬で。自殺さ」

そうだったのか、という思いが私の中に拡がった。私の坐っている喫茶店の光景、心地よく暖められ、意味のない人声と煙草の煙と、音もなく立ち動く人々の姿と、きいろく、だるげな人工の光とが、混じり合い、交錯し合い、ゆらめき合っている喫茶店の光景、そのゆるゆるとゆらぐ光景の中に、あの冷たい雨の降っていた晩秋の日の古本屋の風景が浮かび上った。そうだったのか。あの風景の異様さ、私に語りかけ、私にまつわりつき、執拗に私の心の内側に入り込んで、私にH全集を買わせたもの、それは、死のたたずまいの異様さだったのか。言葉にならぬ暗い感銘が、私の中にゆっくりと波打った。

「佐野はね」

曾根が言った。

「死ぬ前に、ぼくの所に長い手紙をよこした。まあ、遺書……だね。別に親しい間柄でもなかったのに。ぼくのことが気になっていたんだと思うんだ。ずっと無党派の活動家……って言えるか、どうか、ともかく政治と顔をつき合わせつづけて、夢中になりもせず、転向もせず、ぬらり、くらり……と佐野たち党員の連中は思っていただろうけど、こちらはこちらなりのやり方で、やってきた……、やってこられたぼくのことがさ」

死という事実のもつ重い感動が私の中で低くどよめきつづけ、曾根の言葉は、その中をゆっくり、黒い影になって、横切って行った。曾根は続けた。

「佐野は高校時代からの党員で、無党派のぼくのことを、よく卑怯だとか、プチブルだとか言った……、いや、ある時は、ののしったと言った方がいいだろう。だから、親しいはずはないんだ。なのに、結局、ぼくより他《ほか》に、遺書めいたものを書く相手はいなかったのかと思うと、ぼくは自分が無党派で押し通したことは正しかったと思うよ。あの党は、政治の党派のくせに、人間全部を要求するんだ。だから、あの中では、人は、互いにひどく結び合っているようで、ひどく孤独なんだよ。佐野はそれにだまされていた……っていうより、だまされたがっていたんだ」

曾根というのは、厳しい男だ、と私は思った。曾根は、自分の生からみて意味を持たないものは、容赦なく切り捨てる。人間には、だまされたがらずにはいられない辛さも、あるかも知れないのに。私は曾根に言った。

「君は、その佐野という人を許していないのだね」

「許す？　どうして？」

曾根はいぶかしげに私をみた。

「卑怯だと言われたことや、彼が党員で、無党派の君を軽蔑していたことをさ」

「ぼくはね」

曾根は真正面から、私を見つめるようにして言った。

「無党派であるということも含めて、自分の生き方を慎重に選んできた。意味のある……いや、意味のありうると思われる生き方をね。佐野は違う生き方に意味があると信じた……ぼくから言わせれば、信じたがった。信じることは楽だからね。そして、今になって、ぼくが『だけど、あいつはいい男だ』なんて言うとしたら、おそらく、それは、自分の生き方の選択が曖昧《あいまい》だということなのではないだろうか。許すとか、許さぬとか、そういうことではないんだ」

そうだ、曾根は正しい……と、私は思ったはずであった。私は、曾根とは違うやり方だったが、やはり、信じることを拒否し、曖昧さを憎んで暮してきた。しかし、その時の私には、何故か別のことが思われた。——曾根がそう言えるのは、彼が、つまりは意味のありうると思える生き方を持っているからなのだ。だが、もしかしたら佐野という男の生は、慎重とか選択とか、あるいは生き方ということにすら、何の関係もないような生、それ以外ぬきさしならない生だったのかも、あるいは死だったのかも、知れない——その時の私には、そう思えた。今にして思えば、それは、私の生もそうした選ぶ余地のない生であったと私が思いたがったからだろうか。佐野という男に同情的になったのは、私が彼の中に、鏡に映った裏返しの自分の像をみようとしたためなのだろうか。

つまりは、私が曖昧だったからだろうか……。ともあれ私は、曾根に従って、既に終り輪郭の定まった佐野の生について考えるよりも、私の中でどよめきつづける彼の死の重さを量《はか》りたかった。それは、彼の死のたたずまいが、あの晩秋の日に、冷たい雨の湿気とともに、既に私の肌身によりそってしまったかのようであった。私はその日、渋る曾根に頼み込み、横浜に近い彼の家まで行って、佐野の手紙を借りた。

私のあの異様な関心、あるいは不安といったようなものは、何だったのだろうか。手紙を借り、乗客もまばらな郊外電車が、暗い海のように拡がる夜の闇の中を、光のささやかな城館となって、都心に近づいて行くのに身をまかせていると、私の内部のどよめきは次第にしずまり、沈んでいるが、静かな落ち着きが、私の心に拡がった。電車の動揺につれ、鞄の中で手紙がかさかさと鳴るのが、心に聞こえるようであった。その夜、私は、夜更けまでかかって、その手紙を読んだ。

第二の章

曾根への佐野の手紙

こうして山の宿にきてから、五日目。一週間の休暇もそろそろ切れようとしています。一体、何をしにきたのか。そう考えると、ぼくの心は否応《いやおう》なしに、床の間のボストンバッグに向います。その底には、東京を出る前、あちら、こちらの薬屋で買い集めた睡眠薬の箱が数個、入っているはずです。

それに手をつけずに、ここを発《た》てるかも知れない。そうしたかすかな希望が、ここにきてから、ぼくの心にきざしたようです。ですが、一方で、ここを発って再び東京に帰ったって一体そこでどう生きてゆくのか。そういう思いが、心を重く圧《お》しつけます。こんなことを書いて、何になるのかとも思います。君は、こんなぼくを、きっと、あの冷たい刺すような眼で、にらむように見るに違いありません。

冷たい……。そうです。君はいつも冷たい……と言っていけなければ、いつもあまりに冷静な眼で、ぼくらを見つめてきました。ぼくは今でも、高校の時のクラス会の様子を思い出します。共産党幹部の追放と、朝鮮戦争が問題になっていた時でした。

「朝鮮戦争は、韓国の独裁者李承晩と、それをあと押しするアメリカ帝国主義者が引き起こしたもので、その証拠には、開戦一週間前に、ダレスが三十八度線を……」

そう、ぼくが言いかけていた時でした。

「そんなこと判るものか」

低い、冷たい声で、君がそう言いました。それまでは、ぼくらに味方して、共産党幹部の追放を民主主義の自殺だと言い、「何だ、アカかぶれ！」などという野次に、一々、刺すような鋭い言葉で答えていた君が、急にこちらを見、吐き出すようにそう言ったのです。ぼくは、それを言った時の君の、眼の冷たさを忘れることができません。

その時ぼくらは、君を言い負かそうとして、必死になって、アメリカの不況、日本経済の危機、ダレスの巻き返し論などを弁じ立てましたが、ぼくらが述べ立てれば、述べ立てるほど、君は黙り込み、あの冷たい眼で、ぼくらを見つめました。いや、実は逆で、君が黙れば黙るほど、冷たい眼で見つめれば見つめるほど、ぼくらは苛立《いらだ》ち、述べ立てずには、いられなくなったのです。そして、最後に君は言いました。

「誰か、見てきた奴はいるのか。それに、どちらが先にはじめたかなど、大した問題じゃない。何が戦争を必然的にするかだ」

そうです。冷静な君が、多分、正しかったのでしょう。そして、それから今に至るまで、君はいつも冷静に、正しく、自分の道を踏み外すことなく生きてきました。社研の読書会に出ながら、受験勉強も怠らず、浪人せずに東大に入り、学生運動をしながら講義にもよく出席してストレートで大学院に進み、大学新聞に学生運動批判を書く一方で修士論文も丹念に仕上げ、今は東大の助手で、学者としての将来、進歩的知識人、サルトルばりの新左翼としての将来は保証されている。ですが、その君にも一つできなかったこと、これからもできはしないだろうことがある。それに君は気づいていますか。それは、傷つくこと、深く考えるいとまずらなく、泥沼の中へ頭を突っ込んで、身も心も傷つき果てることです。

こんなことを書いたって、君は相変らず平然とした顔をしているに違いない。それは判っています。しかし、ぼくは高校二年の時に入党して以来、いつも、あまりに冷静な君の眼をかたわらに感じつづけてきたのです。ぼくは、その冷静な眼に、一度はそれの知りえないものを突きつけ、狼狽《ろうばい》させてやりたいのです。

当時、ぼくらのO高校は、東京の高校の学生運動の中心でした。ぼくらが社研、つまり社会研究班、の合同研究や、都高社連、つまり東京都高校社研連絡会議、を利用して、他の高校へも組織をのばしていたことは、君も知っての通りです。父の転任のお蔭で、一年の時から下宿住いをしていたぼくは、その身軽さも手伝って、いちばん活動的な方でした。君は知っていたでしょうか、ぼくらが三年になった時、細胞のキャップはぼくだったのです。今から考えれば、随分おかしな話ですが。そして、その時に、ぼくに一つの事件が起きたのです。

あの年のメーデーに、君はきませんでした。いや、きていたのかも知れませんが、ぼくらが予定の解散場所で解散せず、何千もの人々と一緒に、真直ぐに宮城前広場に向かった時、君はもうぼくらの間にはいませんでした。君はいつも賢明です。君は細胞にきた指令を察して、そんな「馬鹿げたこと」の片棒をかつぐのを嫌って、姿を消したのでしょう。

それは「馬鹿げたこと」だったのかも知れません。けれども、政府はその年、そしてそれ以後、一体何の権利があって、ぼくらのメーデーから宮城前広場を奪っているのでしょうか。ぼくは、宮城前広場へという指令を、当然と思いました。ぼくはキャップとして、尻込みする下級生の党員たちに「単独講和による独立は、欺瞞《ぎまん》の独立であり、従属への道を開いたのだ。人民の手によって、人民の手に、人民の広場を奪い返してこそ、日本の人民は独立への第一歩を踏み出せる」と激しくアジりました。そうでした。それは宮城前広場ではなく、人民広場なのです。「かつて、革命的高揚の中で米よこせデモの赤旗がなびいたわれわれの広場を、今、われわれは、われわれの手にとり返す――」そうも言ったと、覚えています。

先頭が橋を渡って、広場へ入ろうとした時、そこにいた警官隊と小競合《こぜりあい》があったようでした。ピストルの音が響きました。催涙弾だったのかも知れません。が、革命が犠牲者を必要とするのは当然のことです。ぼくらは、死者がでることも、勿論《もちろん》予想していました。ぼくらは警官隊の薄い壁を、たちまち破って広場になだれ込みました。

その警官隊のあまりに弱い抵抗を、おかしいと気づくべきだったのかも知れません。けれども、ぼくらは、少し拍子抜けした感じこそあれ、それ以上は何も考えませんでした。ぼくらは不安と緊張と喜びで一杯だったのです。ぼくらの前には、既に万を越えるとみえるデモ隊が広場の中を埋めています。右前方の橋からは、自由労働者のデモ隊が続々と入ってきます。朝鮮総連の旗もみえたようです。

そうでした。あの頃ぼくらを、ああした行動に駆り立てたものは、単に理念の問題としての完全な独立とか、革命とかいうものではありませんでした。ぼくらはあの頃、いつも戦争の危機感に脅《おびや》かされていた、というより、むしろ、その時朝鮮で戦われていた戦争が、やがて日本に波及するだろうことは、確実なことだと思っていました。そして、そうなった時、アメリカ資本主義の弾よけになることは、絶対いやでした。ぼくらは、その時はパルチザンになるのだと決心していました。いや、ぼくらは、爆撃機が朝鮮に向かって飛び立ち、空襲警報が発令され、何人かが傭兵《ようへい》として朝鮮で死んだという噂がみだれ飛んでいる日本は、もう半ば以上、戦場だと思っていました。そこでは、完全な独立も、革命も、平和も、パルチザン活動も、みな一つのことなのです。ぼくらは人民広場に自分たちの足で立ち、そうしたことへの第一歩を、今こそ踏み出しているのだという興奮に包まれていました。

そうして、どれ位の時間が経ったのでしょうか。広場の奥にも警官隊が待機していて、広場を埋めたデモ隊との間に次第に緊張が高まってきていましたが、それでも、それはまだ決して、衝突必至というような空気ではありませんでした。が、突然、ぼくらの前の警官隊は横に散開し、隊列をととのえました。それにつられて、ぼくらも少し横に拡がりました。ぼくらと警官隊の間に、急に密度を増した、粘っこい無気味な空間が拡がりました。それは強靭《きょうじん》なゴムでできているかのように、ぼくらの前をさえぎり、ただ、次第次第に、どれだけとも知れぬ位ずつ、せばまって来るのです。ぼくらの後ろで、デモ隊はなお数を増してくるようです。すると、その圧力に押し支えられて、ぼくらの列はじり、じりじりと前へ出る。と、それに応えて、警官隊が、じりじりと間をつめる。ぼくは汗が頬を伝っているのを感じました。

が、空間がある所までせばまると、そのわずかな空間を間にはさんだまま、警官隊もぼくらも、もう奇妙に動けなくなりました。ぼくらがわあーと叫びながら一歩前に出ると、警官隊が思わず一歩下がります。警官隊が喊声《かんせい》を上げながら一歩出てくると、ぼくらの足は、ぼくらの意志に反して、一歩下がってしまいます。そして、そう互いに動きながら、ぼくらと警官隊の距離は、少しも変らないのです。

が、ある瞬間、急にその動きがとまりました。あたりが、しーんと静まりかえったようでした。そして、その静かさの中を、青い乱闘服に鉄カブトをかぶり、警棒を構えた警官隊が、じりじりと隊形を変えながら、こちらに迫ってきました。それは次第に三角形に変って行き、中央の突出した部分が段々と鋭く、くさびを打ち込むように、近づいてきました。そして、やがて、それはぴたりと、とまりました。少し後ろの方にいたぼくは、息が詰まり、身体がこわばってきました。

その時でした。「かかれ！」という叫び声が聞こえました。警官隊が一斉に警棒をふり上げ、わあーと喊声を上げて、おそいかかってきました。恐いと思う間もなく、ぼくらのスクラムの中央に、警官隊の黒い塊りが突っ込んできました。

忽ち、ひどい混乱が起こりました。いつの間にか、さっきぼくらをあれほど容易に通した橋は、警官隊の人垣にさえぎられ、ぼくらは完全に退路を遮断されたようでした。前方の警官隊は、だっ、だっと、重い革靴を小石にきしませて、忽ち、何列か後ろのぼくらの所まで迫ってきます。ぼくらのすぐ前にいた都学連の学生たちは、プラカードをふりかざして、立ち向かって行きました。たしか曇り日だったと思うのに、そのプラカードに打ちつけられた何本もの釘が、きらきらと眩しいように光る様が、今のぼくの眼にも残っています。そして、ぼくらも、その学生たちのあとから、スクラムを組んだまま、プラカードを槍の様に持って、もう喊声とも、叫びとも、泣き声ともつかぬ必死の声を上げて、前へ突き進んで行きました。

緊張のあまり、一時眼をつぶってしまっていたのでしょうか。はっと気がつくと、ぼくのすぐ前には、眼をつり上げて、ぼくらに襲いかかろうとしている警官隊がいました。警棒も鉄カブトの縁も血に染り、眼と顔全体が何かに憑《つ》かれたように、ぎらぎらと光っています。混乱の中心の方で、つづけ様に何発か、ピストルの音が響きました。警官の一人が、口をあえぐように薄くあけ、一歩前に出ると、歯を食いしばって、ぼくに向かって警棒をふり上げました。そして、その瞬間、自分の二倍以上の肩幅と、その凄《すご》い形相をみた瞬間、ぼくは突然激しい恐怖に襲われました。

勿論、それまでだって、恐くなかった訳ではありません。眼をつぶってしまったのも、恐さのあまりだったかも知れません。ですが、それは後になって考えてみればの話なので、その時のぼくは、自分が恐がっているとも、おそろしがっているとも、自分が必死になっているとさえも判らず、ただ無我夢中になって、プラカードを構え、叫び声を上げて、前へ突き進んでいたのです。それが、その警官を前にした時、突然「恐い！」と思い、そして、次の瞬間「あっ、俺は恐がっている！」と思ってしまったのです。自分の恐怖に気づいてしまったのです。

一度自分の恐怖に気づいてしまってからは、もうどうしようもありませんでした。その恐怖は、忽ちぼくの全身に浸《し》み通り、身体はこわばってしまって、動かそうにも、もう自分の思うようになりません。辛うじて、その警官の一撃をかわすと、あとはもう、いいも悪いもなく、プラカードをほうり出し、スクラムをふりほどいて逃げ出しました。逃げしなに、ちらと、自分のまわりの友だちが、みなスクラムをとき、プラカードなどをふり上げて、警官隊にぶつかって行くのが、みえました。

そのあとは、ただ夢中でした。詳しいことは、君も、いわゆる血のメーデーとして、読んだり、聞いたりして、知っているでしょう。やっと警官隊の包囲をくぐりぬけ、広場の外に出ると、お堀端では何台もの高級外車が引っくり返され、赤い炎と黒い真直ぐな煙を上げて、燃えていました。ぼくはそこを必死に駈け抜け、幸い眼に立つような負傷もしていなかったので、各駅での非常警戒も逃れて、どうやら下宿に戻ることができました。

ひどい混乱の中でのことだったので、ぼくの卑怯な振舞いに気づいたものはいなかったようでした。けれども、ぼくは、自分が口では勇ましくアジりながら、最後の土壇場でみなを裏切ったことを忘れることは、できませんでした。君も知っての通り、ぼくらO高校の社研からは、二人の逮捕者が出たのです。ぼくは間もなく、受験のためと言って、キャップの地位を二年生にゆずりました。そして、事実、活動から次第に受験勉強の中へ、逃避して行ったのです。これが、ぼくに起きた第一の事件でした。

やがて翌年の四月、ぼくは東大に入りました。ストレートで入れたのは、逃避のお蔭だったかも知れません。そして、党員としては、駒場の細胞に所属することになりました。そこでは、ぼくは実務を誠実に果す党員として次第に認められ、アカハタやその他機関紙の配布など、色々の手仕事的ではあるが重要な仕事をまかされるようになりました。

しかし、そういういわば手仕事的誠実さは、ぼくにとっては、思想的誠実さからの逃避だったのです。党員としての生活の中で、ぼくは、自分がかつて裏切ったことがあるということを忘れることができず、しかも、自分のおかした裏切りがどういう性質のものか、つきつめることも恐く、結局、手仕事的活動に日を過ごして、わずかに自分の良心を麻痺させていたのでした。

君なら言うかも知れません、「良心の麻痺なんてことは、大した問題じゃない。問題は党の方針の批判だ」と。あるいは、「党員がどれだけの勇気をもって闘えるかは、党員の個人的な良心の強さなどによってではなく、党の指導方針の正否によって決定される」と。

理屈はそうです。けれども、裏切りは、あるいは、裏切りという体験は、もっと、もっと、個人的なものです。それは、おそらく君には判らないことなのです。

メーデー事件には、君の言うように、挑発と計画的弾圧のわなにかかった党の指導の誤りがなかったとは言えません。更に言えば、それには昭和二十六年の新綱領をどう理解するかの問題、更には、昭和二十五年のコミンフォルム批判とそれをめぐる党内の理論的対立がからんでいます。けれども、たとえ、党の方針が誤っていたにせよ、そのために自分の裏切りが生じたのだと言えば、それは客観主義に過ぎます。ぼくはあの時、党の方針を批判して逃げ出したのではありません。ただ恐怖から、今に至るも決して自分で是認する気になれぬ逃げ出すという行為をしてしまったのです。ただ恐怖から、同志を裏切り、党を裏切り、自分を裏切ってしまったのです。それに、ぼくは、今でも、理論的批判はともかく、心の底の何処《どこ》かでは、単独講和発効のあの年に、あのメーデーがなかったとしたら、そこに何かあるべからざる空白があいているという感じがするだろうと、思わない訳には行かないのです。そして、まさにそれを、ぼくは裏切ったのです。

ぼくは東大に入ってから、細胞の会議でも歴研の研究会でも、決してはっきりとものを言うことができなくなりました。自分が過激な行動を主張したり、歴史学における党派性を論じたりしそうになると、それは口先だけではないか、口先で内実の弱さをごまかそうとしているのではないか、と思えてしまいます。逆に、運動内部の主体的条件の弱さや、歴史学における実証主義が気になると、俺は自分の弱さを正当化しようとしていると思えてきました。ぼくはもう黙って坐っているだけで、ただ、俺は裏切り者だ、と呟きながら、その苦しさを忘れるために、日々の手仕事的活動の中へ自分を埋没させて行ったのです。

しかし、そういう苦しさ、精神的二重生活には、そう長く堪えられるものではありません。ぼくは党を離れることを考えました。考えてみれば、ぼくは党員だから、裏切り者なのです。そうです。君のような無党派の人は、決して裏切り者になることはないのです。ぼくだって、党をやめさえすれば、その時はもう、ただの平凡な学生に過ぎないはずでした。

けれども、ぼくは党から離れることができませんでした。もし党から離れたら、その時のぼくは、自分の持っている一番大事なもの、自分に対し自分を誇ることのできるただ一つのものを、完全に、取り返しようもなく失ってしまうと思えたのです。こう書くと、君の「何だ、センチメンタルなことを言っている」という冷たい顔が眼にみえるようです。けれども、ぼくにはそう思えたのです。ぼくは今でも、高校二年の夏、はじめて正式の党員になった時の高揚した気持を忘れることができません。君は、ああした気持を経験したことがあるでしょうか。党を離れることは、そうした過去の自分の全てを否認してしまうことなのです。

ぼくらが二年の夏の終りでした。ぼくらは、学生党員も、できる限り地下に潜って、軍事組織に加われ、という指令を受けました。それは昭和二十九年のことです。

今から考えてみれば、当時は党の指導方針の転換期に当っていました。昭和二十七年のメーデー事件、同年十月の資本主義国家としての日本の将来を見通したスターリン論文、翌年の徳田書記長の死などをきっかけとし、朝鮮戦線の膠着《こうちゃく》、スターリンの死の少し前からのソ同盟の平和共存への前進、社会主義圏の優位などを背景として、昭和二十五年来の党の軍事方針は再検討され、それが昭和三十年夏の軍事組織の解体、六全協によるその確認という結果になりました。しかし、そこに至るまでは、様々な対立と様々な試みがあったのです。ぼくらが受けた指令も、その一つだったのでしょう。また、ぼくらの間では、朝鮮戦争の膠着は一時的なもので、朝鮮の状勢が流動化すれば、日本の状勢は大きく変化するだろうという見方も、有力でした。ぼくらの細胞の何人かは、中核自衛隊の一員となることを決心しました。そして、ぼくも、その一人として、地下活動の中で、もう一度自分を試してみようと思いました。それ以外、今の苦しい精神的二重生活から抜け出る道はないと思えました。

一度決心すると、細胞の中で、ぼくは見違えるほど、活潑になりました。高校の時の、一度はキャップだったぼくが、甦えったようでした。ぼくは潜行に関する連絡係になり、そして、とうとう、秋のはじめのある日、細胞会議で、各人の潜行の日時、方法、所属など、全てが確定しました。

ところが、その会議が予定より二時間以上延びて、漸《よう》く終り、あとは実行だけになった時、ぼくは突然、激しい不安に襲われました。現在、自分が慣れ親しんでいる日常の生活から離れ、いわばあのメーデーのような日が毎日、毎日である地下の生活に移って行く。それに果して自分は堪えられるだろうか、という不安です。いや、堪えなければいけない。それに堪えなければ、俺は自分への誇りを全く持てなくなってしまう、と、ぼくは自分に言いきかせました。が、その不安はますますふくれ上がり、自分が今にも気が違って、わあっと、大声で叫び出しそうな気さえしてきました。ぼくは急に、まわりの党員の連中と一緒にいるのが、無性にいやになりました。嫌悪ではなく、殆ど生理的な吐気に堪えられなくなりました。ぼくは早く下宿で一人になりたく、これから駒場寮の歴研の部屋へ行って飲もうと言っているみなと別れ、国電の駅に出るバスに乗りました。

今から考えれば、みな不安だったに違いありません。だからこそ、キャップの野瀬以下、みな寮の部屋に飲みに戻ったのでしょう。キャップの野瀬などは、ずばぬけて、しっかりしているようにみえ、ぼくの劣等感の一部は、確かに彼のためだったのですが、しかし、あの年では、たとえ彼だって、不安でなかった訳はないのです。けれども、その時は、他人の不安に気づく余裕などありませんでした。ぼくは、揺れるバスに身をまかせながら、俺はまた裏切るのだろうかと、心に問いつづけました。そして、事実、その日の帰り、既に半ば裏切ってしまいました。

その日の帰り、ぼくは国電の中で、偶然、歴研の合同研究会で知り合った東京女子大の佐伯さんという人に会ったのです。渋谷でひとしきり乗客の乗り降りがあったあと、奥の方にいたぼくが、ふと眼をやると、扉ぎわに佐伯さんが、ぽつねんと立っていました。ああ、あそこに佐伯さんがいるな、そうぼくは思ったのです。ところが、そう思った途端、ぼくは、言いようもない人懐しさにとらわれてしまいました。ぼくはもう、佐伯さんの姿から眼を離すことができなくなりました。あそこには、自分や、今別れてきた細胞の仲間たちとは、全く別の所に生きている人がいる。今日国電に乗り、明日国電に乗り、そして明後日も同じ国電に乗り、しかも、それを何の不思議とも思わないでいられる人がいる。俺は、あの人たちと、何と遠くへだたってしまったのだろう。そう思ったのです。ぼくは、もう矢も楯もたまらず、佐伯さんの方へ歩き出していました。

ぼくらは新宿で降り、喫茶店に入りました。かなり疲れている様子の佐伯さんを、ぼくが強引に誘ってしまったのです。何をしゃべったかは覚えていません。多分、こちらばかり勝手なことをしゃべったのでしょう。喫茶店を出ても、どうしても別れ難く、散歩に誘いました。けれども、いくらしゃべった所で、ぼくたちの間は、もう見通すこともできぬ位、へだたっていたのです。それに気づくと、ぼくは黙り勝ちになりました。佐伯さんも疲れた様子で、口をききません。二人とも一言も口をきかぬ散歩が、何分か続きました。二人でいるだけに、なおさら強い孤独感が、ぼくをしめつけました。そして、とうとう、ぼくは抗《あらが》いがたい淋しさに堪え兼ねて、自分が潜ることを、佐伯さんに打ち明けてしまいました。恋人の間柄でも、言ってはいけないことだのに。

ぼくは佐伯さんに、自分の秘密を言ってしまいました。すると、突然、ぼくはその佐伯さんに、ぼくが今まで誰にも言ったことのない自分のこと、自分の弱さ、裏切りを、洗いざらいしゃべってしまいたい衝動にかられました。自分は非公然の活動の中で死ぬかも知れない——そう思ったと書けば、君は笑うでしょうか。ですが、そういう例はあったし、ぼくも真剣にそう思っていたのです。そして、そうだとしたら、せめて一人位は、ぼくの全てを知って呉れている人がいてもいい。ぼくの弱さ、そのための苦しみ、そして、それだからこそ、今、地下活動に参加して行くのだということ、それら全てを知り、判って呉れる人が一人はいてもいい。そう思ったのです。

けれども、幸い——と言うべきでしょうか——、佐伯さんはひどく疲れた様子でした。潜行という事柄が、佐伯さんにひどいショックを与えたようでした。そのあまりに疲れた様子に、ぼくは一度口に出しかけた自分の過去を、それ以上話すのをためらい、あきらめました。

それは、後から考えれば、幸いだったのでしょう。ぼくと佐伯さんは、決して親しい間柄ではなかったのですから。でも、その時は、話すのをやめたことで、またひどく淋しい気持になりました。それに、今、この手紙を書きながら考えてみれば、果して幸いだったのか、どうか。何故、あの時、無理矢理にもしゃべってしまわなかったのか。あの佐伯さんという人は、今は、どこで何をしているのでしょうか。

佐伯さんは、その時何故か、ぼくの他に誰が潜るのかということを、ひどく気にしていたようでした。しかし、それは、ぼくの口から言っていいことではありませんでした。別れしなに、ぼくは本を一冊、佐伯さんに持って行ってもらいました。感傷的だと言われようが、迷惑だと思われようが、ぼくにはやはり、その日佐伯さんに会ったことは、本当に嬉しかったのです。

それから約十カ月、ぼくは東北のある山村で暮しました。それは、はじめ考えていたのとは違って、ひどく単調な、それでいてひどく緊張した日々でした。そこには、あのメーデーの日とは全然違った、けれども同じようにぼくの心に食い込んでくるおそろしさがありました。その中で、ぼくらは何を考えていたか。大学に復学してから、やはり潜っていた一人の友人が、そうした問いに答えて、「どうしたら革命が起こせるかを考えていた」と言っているのを、耳にしたことがあります。ぼくもそれを考えていたには違いありません。ですが、それと同時に、ぼくはいつも、その単調な生活の中に生起する自分の個人的な欲望や、おそれを、どうおさえるか、やがて武装蜂起となった時、どうしたら自分が逃げ出さずに済むかを考え続けていました。そして、遂に、最後まで、自己にうち克《か》つことも、逃げ出さないだろうという自信を得ることもできませんでした。

しかし、革命は起きませんでした。翌年の夏、長い方針上の混迷に終止符が打たれ、軍事組織は解体され、ぼくらは学校へ戻りました。六全協で確認された党の中央の方針の転換が、ぼくら党員に与えたショックは、君も知っての通りです。君は、茫然自失の体であったぼくらを、ひそかな勝利感をもってみていたことでしょう。しかし、その時、ぼくのうけたショックは、そうした党員一般に共通の、自分の信じていたものが、崩壊したというショックだけには、とどまりませんでした。

軍事組織解体の指令をうけた時、最初にぼくを襲ったのは、全身の力が抜けて行くような安堵《あんど》の気持でした。人間である以上、それに似た、半ば生理的な感情を、全く感じないことは、不可能かも知れません。しかし、ぼくの感じた安堵は、それとは違う、もっと具体的な、ああ、これで恥をさらすことなく済んだという気持でした。そして、その安堵が、その他全ての感情を、党員として持つべきだった……というより、それ以前の十カ月の生活の当然の結果として持たないわけには行かなかったはずの、全ての感情を圧倒してしまいました。指令を受けたあとの、ぼくらの間の混乱、批判は許されないとする指令をめぐって、なお夜を徹して堂々めぐりする論議、そのあとのうつけたような虚脱、曇り日、山間《やまあい》の小さな谷に上る書類焼却の煙、真夏の太陽の下、掘り返され、水気を含んでつやつや光る新しい赤土の匂い、その土に次第に埋められて行く古い歩兵銃とごぼう剣、それとともに起きた様々な人間同士の事件、局外者には決して語りたくない事件、それらの中にあって、ぼく一人は、自分以外に何の関心を持つこともできず、ただ嬉しい、嬉しいと、自分の意志にも反して、思い続けていたのです。

しかし、幸か不幸か、ぼくは同時に、自分が嬉しいと思っていることを、知らないではいられませんでした。ぼくが地下活動へ入って行ったのは、自分が党員でありうるか否かを、もう一度、試すためでした。答えは判ったのです。ぼくが党員として通用するのは、革命が起きないうちだけでした。革命をおそれる党員。それは、何と滑稽な存在でしょう。ぼくは所詮、裏切り者でしかないのです。君も知っての通り、ぼくは学校へ戻ると、党を離れました。

それから今に至るまで、ぼくは、もう、党への復帰を考えたことはありませんでした。世間の人はよく、「学生の頃のアカなどハシカのようなものだ。時期が過ぎて就職すれば……」というようなことを言います。今は大会社に籍をおくぼくなどは、外からみれば、おそらくその典型にみえるのでしょう。いや、事実、その典型なのでしょう。けれども、そのぼくにしたところで、世間の人からそう見えるだろう程、気楽に転向したわけではありません。いえ、人間に、そんなことができるわけはないのです。

党から離れたあと、ぼくは、できるだけひっそりと暮そうとしました。本来、弱い性格に生まれついたぼくが、柄にもなく、党員になろうとしたことが間違いだった。人と変った、充実した生活を望んだことが誤りだった。平凡な男は自分の平凡さにふさわしく、世の片隅で、つつましい、せめてはなるべく人の迷惑にならぬ一生を送ればいいのだ。ぼくはそう考え、そう実行しようと思い定めました。間違っても出世などは望むまい。それでは、裏切りを倍加さすことになる。ただ、つつましく暮そう。そう思ったのです。

自分の将来をそう断念してしまうに至るまでの道程が、どんなに辛く、重いことか、全て順調の道を歩んできた君には、おそらく判らないことです。ぼくは、君が時折垣間みせるほどの自己の才能への自負は、持っていませんでしたが、それでも、自分の能力が、世間一般の人々よりかなり秀《すぐ》れているということは、何となく当り前のことと感じてきました。党の中でのいくつかの経験で、自分に失望していたにせよ、それは自分の弱さへの失望で、能力への失望ではありませんでした。普通の世間の中でなら、人なみ、あるいはそれ以上の仕事も、充分できると感じていました。そうしたぼくが、一サラリーマンで終ろう、決して出世はするまいと決心することは、決して楽なことではありませんでした。そこには、確かに何か無理があったのです。

しかし、一度決心してしまえば、そのあとは割に楽にみえました。考え方から、自然にこちらになじんできて呉れます。ぼくは一年遅れて法学部に進学し、本郷での二年間、その考えに慣れ親しみながら、ひっそりと暮しました。それは、色彩はないが、平穏な生活でした。ぼくは次第にそうした生活を愛しはじめました。半年に一枚、十カ月に二枚と、クラシックのレコードを買い集め、以前のぼくには似合わないような文学書なども本棚に並ぶようになりました。考えてみれば、二月程前にやっと完結したH全集も、そのころ出はじめたのでした。最近は、ただ惰性で買い続けていたH全集ですが、はじめは随分と愛着をもって買ったものでした。

やがて、就職の時期がやってきました。ぼくは、電機会社や、ジャーナリズムなどは避け、比較的地味だと思われた鉄道会社のS電鉄を選びました。そして、昨年の四月、サラリーマンとしての平凡な生活を始めたのです。就職と同時に、下宿も、誰にも知らせずに郊外のK駅のそばに移しました。それは、会社と下宿と、地方住いの家族からの時折の音信の他、世の中とは何のつながりも持たない生活でした。

それは静かな生活でした。ぼくははじめ、全くそれに満足していたのです。ぼつぼつ本も買い増し、給料日には好きなレコードを一枚選ぶのを習慣にして、一人で楽しんでいました。そして、そのうち、もう少し給料が上がったら、下宿のおばさんが、ぼくの堅いのを見越して、持ち込んでくる娘さんの写真の中から、おとなしい、気立のよさそうな、係累の少ない人でも選んで、結婚しようかなどと、空想してもいたのです。

しかし、仕事を持つということは、学生の頃考えていたのとは、随分違うことでした。はじめは、考えていた通りに日々が流れると思われました。会社から帰ると、ほっとした気持になって、これからが自分の時間だと、のびのびと本をめくったり、レコードをかけて過ごしました。三カ月の見習期間、そして半年が、そうして過ぎました。ところが、やがて一つの仕事を受け持たされ、責任を持たされるようになりました。すると次第に仕事が、自由なはずの自分の時間にまで食い込んできたのです。学生の頃は、就職しても、仕事は仕事、自分の時間は自分の時間、自分の生活は、その後者の中にあると割り切るつもりでした。ですが、実際に仕事を持ってみると、仕事と生活を分けることは全く不可能、というよりはむしろ、仕事こそが生活の実体になって行くのです。それは、義務である仕事が自由であるべき自分の時間を食いつぶすという意味ではなく、自分の生活の中に仕事が占める意味が変って行くということなのです。一口に言えば、ぼくの場合、仕事が次第に面白くなり、仕事こそが生き甲斐となってきたのです。

それは全く矛盾でした。自分のおかした裏切りとなれ合って行くために、一生、二流の地位の中で、平穏な生活を送ろうと思い定めていたはずのぼくが、次第に仕事の魅力にとりつかれて行ったのです。

しかし、ぼくはその矛盾に長くは苦しみませんでした。それはおっちょこちょいだと言われても仕方がないかも知れません。仕事と活動の持つ魅力が、文句なしに、ぼくをとりこにしてしまいました。そして、幸か不幸か、ぼくの実務の能力は、同期入社の誰よりも、秀れていると認められました。丁度、S電鉄は、Y岳の山麓に新しく大観光娯楽圏を作る計画を進めており、ぼくもそこに配属されました。そして、入社後一年経った今年の四月頃には、ぼくは立派な幹部候補生として登録されていたという訳です。

四月も終りに近づいた頃、ぼくは課長と、観光事業担当の副社長のお供で関西に出張しました。勿論、鞄持ちに毛のはえた程度ですが、それにしても入社一年目のぼくには、少し不釣合な大役でした。

やがて一週間続いた出張も無事に済ませ、ぼくらは帰途につきました。そして、静岡も過ぎ、あと二時間足らずで、暫くご無沙汰した東京の灯《ひ》もみられるという頃、副社長がぼくに何気なく言いました。

「君、明日は閑かね」

翌日は五月の連休の最初の日に当っていました。だから、ぼくは、副社長がそう言うのは、きっと休みを返上して出社し、出張の記録を整理しておけと言うのだろうと思いました。仕事が面白くてたまらなかったぼくには、それは少しも苦にならぬことでした。

「ええ、空いていますから、出社して……」

と、ぼくが答えかけた時でした。副社長は意外なことを言ったのです。

「それなら、今日これから箱根の私の別荘に寄って、明日一日遊んで行きたまえ」

ぼくは思わず課長の顔を見ましたが、課長は前もって知っていたらしく、何の表情もみてとれませんでした。副社長が、何の個人的関係もない一社員であるぼくを、別荘に呼ぶなどということは、普通ではあることではありません。これは一体何だろうと、ぼくは思い迷いました。けれども、副社長の誘いを断るわけには行かないことは、自明のことでした。ぼくは副社長のあとについて、沼津で列車から降り、彼の別荘について行きました。

何故、その日彼の別荘に呼ばれたかは、今でも、そうはっきりは判っていませんが、大体の推察はついています。ついたその日は、もう遅かったので、ビールのお相手を少ししただけで、ぼくのために用意してあった部屋にすぐ引きとり、休みました。そして、翌朝、九時頃にゆっくり眼をさまし(副社長は前の晩、女中に声をかけさせるまで、ゆっくり寝ていろと、わざわざ言って呉れたのです)、朝風呂に入って、テラスで副社長の朝食のご相伴をしていた時です。自動車の止まる音がして、やがて、若い娘と、その母親らしい初老の婦人が入ってきました。副社長は坐ったまま、パンで口をもぐもぐさせながら、その二人を親戚だといって、ぼくに紹介しました。母親の方の名は忘れましたが、娘さんの方は、確か亜弥子さんといいました。多分、ぼくをその娘さんに引き合わせるのが、副社長の目的だったらしいのです。

ですが、それは見合いといったようなものではありませんでした。亜弥子さんは、短大を出たばかりの、俗に言う箸が転ぶのをみてもおかしがる年齢のお嬢さんで、まだまだ結婚などとは程遠い感じでした。ただ、いずれは年頃になるのだし、その時は自分の気に染む人を選ぶのが一番の幸せだろうという考えから、自分のまわりの若い人で、これはと思うものを何人かそれとなく付き合わせておいて、その中から亜弥子さんが自ずと気の合った人を、選ぶようにしようというのが、言葉の端々からうかがわれる副社長の気持のようでした。そして、ぼくも、その名誉ある候補者の一人となったという訳なのです。

こう書いたからと言って、この件でぼくが副社長の考え方を非難しているとは考えないで下さい。子供のいない副社長は、亜弥子さんを自分の娘のように、そして、自分の娘でないだけに、それだけ自由な気持で、愛し甘やかしている様子でしたし、人が愛するもののために、多少エゴイスティックになるのは、やむをえないことです。それに、正直に言うと、ぼくは、そういうように副社長の親戚の娘さんに紹介されたことを、やはり、名誉と言っては大げさになりますが、それに似たもの、自分が認められた徴《しる》しと受け取らずにはいられませんでした。ぼくは半ば本気で、他の競争者を押しのけて、副社長の後ろ楯のあるこの陽気なお嬢さんの心をつかむのも、悪くはないなと考えました。

　母親の老婦人も、副社長の考えには、賛成のようでした。副社長が書斎に引き揚げたあと、ぼくら三人は果物を食べながら雑談したり、まだちょっと肌寒い別荘の付近の道を散歩したりしましたが、そのうちに、ぼくが音楽好きのことが判ると、老婦人は、

「それでは、一度、この子を音楽会に誘ってやって下さいまし」

などと言うのでした。もっとも、亜弥子さんは、クラシック音楽よりは、ジャズや、スポーツの方がお好きのようでしたが。

　昼食後、一休みしてから、亜弥子さんの発案でゴルフということになりました。そうは言っても、ゴルフ場へ行くのではなく、別荘の庭の横手にこしらえてある小さな練習場で、ゴルフを知らないぼくにクラブの振り方を教えてあげるというのです。

　副社長も仲間に入って、およそ三十分位もクラブを振っていたでしょうか。ボールを打つことは、思っていたより、ずっとむずかしいことでしたが、それでも、その間、ぼくがどんなに満ち足りた気持でいたかは、説明しないでも、判ってもらえると思います。能力を認められての出張、副社長の別荘への招待、青い芝生の上でのゴルフ、しかも、

手をとって教えて呉れるのが、身も心も本当にのびのびと育った明るい美しいお嬢さんです。ぼくは、ぎこちないフォームや空振りを笑われるのを、心から楽しみながら、クラブを振っていました。副社長も、その間、そばで見ていたり、並んでクラブを振ったりしていました。

ところが、ぼくが何回目かの空振りをし、今度こそはという表情で、慎重にクラブを振り上げた時です。

「あら、どうなすったの」

そういう亜弥子さんの声で、ふと後ろをふりむくと、今までぼくの後ろでクラブを振っていた副社長が、庭の片隅にしゃがみ込んで、うつむいていました。

「いや、大したことはない。少し吐気がしただけだ」

暫くすると、副社長はそう言って立ち上りましたが、手はまだ胃のあたりをおさえています。それをみた亜弥子さんは、明るい、何の屈託もない声で言いました。

「おじさま、近頃、よくそんなことをおっしゃるわね。胃癌よ、きっと」

それは全くの冗談でした。何の罪もない、癌などに自分や、自分の身内がかかるはずはないと信じ切っている、明かる過ぎる位明るい冗談でした。が、それをきいた副社長の顔には、ぎくとした表情が走り、今迄の上機嫌だった様子は一瞬のうちに消えました。

そして、その代りに、暗い、ぞっとするように沈んだ表情が顔に浮かび、副社長はその表情を隠すように、ぼくらに背をむけ、

「馬鹿なことを言うな！」

と投げつけるように言うと、いつもとは違うせかせかした神経質な足どりで、母屋の方へ歩いて行ってしまいました。

あっけにとられて、そのあとを見送っていたぼくに、亜弥子さんは、くすくす笑いながら、

「おじさまって、身体のこと言われると、いつも、ああなのよ。その癖、大の医者嫌いだから、始末に悪いの」

そう言って、何事もなかったように、ぼくにまたゴルフの球《たま》を打ちつづけるよう、うながしました。

副社長は今も丈夫に仕事を続けていますから、多分、軽い胃潰瘍か何かで、癌ではなかったのでしょう。だから、それを冗談にした亜弥子さんが正しかった訳です。けれども、その日の午後、ぼくは、副社長の暗い表情が眼の先にちらついて、もう、それ以前のように、別荘での幸福な春の一日を楽しむことができなくなってしまいました。亜弥子さんとゴルフのクラブを振ったり、軽いレコードをきいたりしながらも、ぼくは副社

長のことが念頭から離れませんでした。ぼくには、副社長の気持が判るような気がしたのです。

ぼくは副社長が本当に癌だと思ったわけではありません。副社長自身にしても、本気でそう思ったのではないでしょう。ですが、副社長は、それと同時に、他方でいつも、自分が癌にかかりはしないかという心配を心の何処かに持ちつづけていたに違いありません。その、日頃は自分にさえ隠している心配が、亜弥子さんの言葉でむき出しにされてしまったのだと思えるのです。いや、副社長の心事にもっと立ち入っていえば、副社長がその時垣間みてしまったのは、癌というような具体的な病気ではなく、彼の死そのものだったのではないでしょうか。

亜弥子さんは二十そこそこです。癌というようなことばを、何の重みも感ぜずに、軽々と口に出せるのは、その若さの特権です。ぼくだって、二十の頃は、人が一度は死ぬと知りながら、それが明日にも自分を訪れるかも知れぬなどとは考えたこともありませんでした。いや、それがいつかは訪れるということさえ、決して本気では感じられなかったものです。だから、老人だって、同じ位呑気《のんき》だろうと思ってしまうのです。

ですが、副社長は、若くみえるとは言え、もう六十をいくつか越した年齢です。自分の前に残されている年月が、そう長いものではないということは、時折、副社長の意識の中にも、隙間風《すきま》のように忍び入らずにはいないでしょう。そして、日頃は忙しさなどでまぎらわしているそうした死の影が、亜弥子さんの言葉でにわかに甦えり、満ち足りた気持でいた副社長の心を冷たく横切ったのではないだろうかと、ぼくには思われたのです。

けれども、それにしても、自分の心に陰画のように焼きつけられた副社長のあまりに暗い表情を反芻《はんすう》していると、人間の幸福とは一体何だろうかという疑いが、次第に心の中に拡がってくるのを、どうしようもありませんでした。自分の死を想った時、あれほど暗い表情をしなければならないとしたら、人間の生きて持っている幸福とは、一体何だろうかという疑いです。

やがて、夕食になり、副社長も、何事もなかったような上機嫌な顔をみせました。そして、亜弥子さんお手製のフレンチ・ドレッシング・サラダも混じえて、単純ではあるが豊富なご馳走と、食後の果物を食べ終った頃には、ぼくも、一応陽気な気分を取り戻していました。暫く休んでから、ぼくは、泊って行く亜弥子さんと副社長に別れを告げて、別荘の門を出、その全体として素晴しかった一日を心の中でもう一度思い起こしながら、少し離れたバスの停留所の方へ歩いて行きました。

あいにくバスは行ったばかりで、次の終バスまで、二十分ばかりの間がありました。

ぼくは、夕食の葡萄酒の酔いで火照っている頰を冷やしながら、その辺をぶらぶらしていました。あたりは山の上ですから、もうすっかり闇につつまれています。下の方の国道のあるあたりを、自動車の灯《あかり》がひっきりなしに走り流れて行きます。そこから、時折、遠い警笛が聞こえてきますが、それが途絶えると、あとは、ただ虫の音だけが、あたり一帯に拡がっています。空は半ば以上曇り、その暗い空のわずかの裂け目に、星が二つ三つずつ、光っていました。それは無気味な位静かで、不思議に淋しい眺めでした。ぼくは、それを、何だか前にもみたことがあるような気がしてきました。遠い遠い昔、何百年、何千年の昔、ぼくが慣れ親しんでいた眺めのようでした。

それは、あるいは以前に読んだ小説の一場景だったのかも知れません。が、その淋しさはぼくの身体にしみ通ってきました。そして、暗闇の中で、一度は亜弥子さんたちとの陽気な夕食で忘れかけていたさっきの沈んだ気分と、副社長のあの表情が、ぼくの心に戻ってきました。

副社長は、今、この上ない幸福な境遇にあるはずです。S電鉄随一の実力者として、財界での地位も、そう低くはないはずです。人生の前半を官界で過ごし、戦後実業界に移り、そこでの業績も、戦前は一マーケットに過ぎなかったSデパートを戦後いち早く都心に進出させ、都内三大デパートの一つとしたのを始め、消息通ならば、たちどころに、五本の指に余る数を挙げることができるでしょう。そして、今は、業界にさきがけて、Y岳山麓の開発に乗り出しています。そうした社会的活動が、彼に決して不充分ではない経済的報酬をもたらしていることも明らかです。家庭的幸福という点は、他人のうかがい知りうるものではありませんが、社会人としては、これ以上望むべくもない高い地位と、充分な報酬と、将来の仕事に恵まれているのです。そうした副社長が、なお、自らの死を想った時、あれほど苦しげに淋しげな表情を浮かべなければならないとすれば、地位や報酬や仕事とは、人間にとって一体何なのだろうか。そう、ぼくには思えました。

空を見上げると、雲が流れているのでしょう。今まで光っていた星がすっと消えると、その横で別の星がまばたき始めますが、それもすぐ消えて、また別の所で別の星が光り始めます。ぼくは、ああ、あれが人の命なのだという感傷的な想いを打ち消すことができませんでした。そして、あの星が消えるように命が消える瞬間、人は一体、何を思い起こすのだろうかと考えました。

副社長が思い起こすのは、あのSデパートの一階から二階をつらぬいて立つドスコ・カルーエ作の『女神たちの午後』の彫像だろうか、競争相手のK急行を圧倒して、南関東一帯に拡がるバス路線の網目だろうか、それとも、やがてY岳山麓にそびえるだろう五階建のレジャーセンタービルだろうか……。いや、ことによったら、副社長は、その死に臨んで思い起こすべき何物も持っていないのではあるまいか。もし、そうでないとしたら、あの空虚な苦しげな表情は一体何なのだろうか。そうした考えが、ぼんやりと暗闇に立つぼくの頭の中を、ちらちらと飛び交いました。

時間は大分経っていました。もうそろそろ、終バスがきてもいい頃でした。ぼくはポケットからマッチを取り出し、火をつけて、その炎で腕時計をのぞき込みました。時間は案外経っていなくて、まだ五分ばかり間があると判りました。ぼくはマッチの炎を消しました。

その炎を吹き消した時、ふとある疑問が、ある問いかけが、ぼくの心に浮かびました。俺は死ぬ間際に何を考えるだろうか——そうぼくは思ったのです。何のつもりもなく、ふと、そう思ったのです。

が、そう思った瞬間、それと全く同時に、おそろしい答えが、ぱっと電光のようにひらめきました。

「俺は裏切り者だ！」

そう、考えるだろう。

ぼくは自分に、そう答えていました。それ以外に、どんな答えもありえないことが、一瞬のうちに、決定的に判ってしまいました。

　この長い手紙も、そろそろ終りに近づいたようです。その夜、ぼくは、「俺は裏切り者だ」という言葉を心に呟きながら、もうバスを待つことなく、ふらふらと歩き出しました。そして、冷たい露のおりてくる一夜を、熱に浮かされたように歩きつづけて、翌日、朝日が厚い雲の間からさしてくる頃には、小田原を通り越して国府津《こうづ》の海岸にきていました。歩き疲れた体を砂の上に休ませて、暗い海のうねりを眺めていると、次第に昨夜からの興奮は去って行きましたが、それと入れ代りに、何とも言いようのないかったるさが、ぼくの全身に浸み込んできたようでした。

　やがて連休も終り、それまで通りの忙しい生活が戻ってきました。けれども、ぼくにはもう全てが面倒くさいとしか、感じられなくなっていました。表面上の生活は何の変りもないのですが、心の奥では全てが面倒くさいのです。それは、考えて言葉にしてみれば、結局死に臨んで思い起こすことが、過去の裏切りなのだとしたら、今の生活は一体何だろうかという思いですが、実の所、ぼくの感じるようになったものは、そういう論理よりも、もっと理屈を抜きにした、生きることへの面倒くささでした。毎日、仕事をするのも面倒くさければ、亜弥子さんを音楽会に誘うのも面倒くさい。いや、朝起きるのも、食事をするのも、夜、寝床に入ることさえもが面倒くさいのです。それは、この自分がもう一人の自分と厚い、音を通さぬガラスの壁でさえぎられ、向うの自分は一日中、別に何の意味もなく何かをしているが、こちらの自分はそれを、ただ物憂く眺めているといった感じなのです。そして、そうした毎日の中で、死という考えが、徐々にぼくの心に育ち始めました。

それは、はじめのうちは、ごく目立たない形で始まりました。例えば明るい初夏の朝、出勤途中のオフィス街の横断歩道に足を踏み出す瞬間や、けだるい午後、窓の外の立ちならぶビルに切りとられた一片の空に白い雲が流れ、ペンを休めて一時のとりとめない想いにふけっている時、一瞬、ふと、何のつながりもなく、自殺という想念が他人事《たにんごと》のようにぼくの意識をかすめ、すぐ消えて行きました。それは素早い小天使の翼のように軽やかで、さりげなく、何の痕跡も残さずに飛び去って行くようでした。

しかし、一度ぼくがその想念に気づくと、それはにわかにはっきりした形をとり、その訪れは急に足繁くなりました。「死ねば楽になるぞ。もう、だるさもないぞ」そうした囁《ささや》きが、仕事のペンをふと止めた時、同僚との雑談が一瞬途絶えた空白、そして夜半の寝覚めにと、素早く入り込み、やがては、仕事の最中にも、行き帰りの満員の車中でも、低く唸《うな》る蜜蜂の羽音のように、絶えることなくぼくの耳に聞こえつづけました。それは遂には一つの連続した観念となって、ぼくと生活を共にするようになりました。そして、ぼくは次第に、その観念が、自分の毎日をおおっている生きることへの面倒くささの当然の帰結であることを悟って行ったのでした。

こうして、ぼくはこの山の宿に来ました。今、ここまで書いて考えてみれば、これを書き出した時、ふとぼくの心にきざしかけていた希望は、全く迷妄に過ぎなかったことが、判ってきます。あのボストンバッグの底の睡眠薬に手をふれずに東京へ戻ったとしても、そこでぼくを待っているのは何でしょうか。あのけだるさ、あの何ともいえぬけだるさの中に戻るだけです。ぼくがここに来たのは、はっきりした覚悟があってではありませんでした。ただ、全てがたえきれずけだるい気持から、自分でない何かに手足を動かされているような感じで、睡眠薬を買い集め、汽車に乗ったのでした。けれども、あのけだるさ。生きることへの面倒くささと、死ねば全ては楽になるぞという囁きが溶け合ったけだるさ。ぼくには、もう、それにこれ以上逆らって行く力もなければ、気もありません。ぼくは、ぼくをここまで連れてきた自分でない何かに、ぼくをゆだねてやります。それは、きっと、ぼくのために睡眠薬のふたをあけ、ぼくをだるい、だるい、だるい眠りの中へ沈ませて呉れるでしょう。そのだるい眠りの中では、だるささえ、次第に溶けて行くでしょう。手足がぐったりと溶けて行くような眠りの中へ沈ませて呉れるでしょう。

さようなら、冷静で強いぼくの監視者！　ぼくは、君の眼からも、これで逃れて行きます。さようなら、ぼくの冷たい眼。

（「佐野の手紙」終）

第三の章

佐野の長い手紙を読み終えた時、夜は三時をまわっていた。疲れた眼を休めるために、私は蛍光灯を消して、窓際に立った。カーテンの隙間からのぞいた暗い冬の夜空は、今日も半ば曇り、薄い星の光がまばらに光り、そして消えた。

その土曜日の午後、下宿にきた節子に、私は佐野の自殺を簡単に伝え、その手紙を手渡した。節子は驚いた様子であったが、何も言わず、黙って手紙を持ち帰った。

越えて翌週の火曜、私は佐伯へ行った。丁度その日は、節子のすぐ下の大学二年の弟の誕生日で、夕食には近所の仲良しのお嬢さんも招かれていた。食卓には葡萄酒なども出て、派手ではないが、ちょっとしたお祝い気分だった。佐伯の家では、家族の誕生日などには、いつもそうしたささやかな祝いを、欠かさなかった。そこには、いかにも一家団欒《だんらん》の雰囲気がただよった。まだ高校生のようなそのお嬢さんが、節子の弟と一緒に夜行バスで軽井沢にスケートに行くことを、うちから漸く許してもらえたので、その夜、かわいい恋人たちは、大はしゃぎだった。

夕食が済んだあとも、小さな妹たち発案のトランプにつき合ったり、尻とり歌合戦の見物兼審判をさせられたりして、私たちが節子の部屋に引きとったのは、もう九時過ぎだった。

節子は近頃、大きな勉強机を下の妹にやってしまい、代りに古い坐り机を四畳半の片隅においていた。節子は本箱の前に座蒲団を敷いて、私を坐らせると、自分はその片隅の小さな坐り机の前に坐り、こちらに横顔をみせたまま、すぐにはこちらを見なかった。

「どうしたんだい、そんなところに坐り込んじゃって」

私が言うと、

「ううん。何でもない」

そう答えながら、机の上においてあった佐野の手紙を手にとり、こちらをむいた。が、そのむいた顔は、光線の加減か、さっき弟たちと遊んでいた時とは変って、ひどく疲れているようにみえた。節子は掌《てのひら》の上で、二、三度佐野の手紙を、その重さを量るように揺らしてみていたが、やがて、

「はい」

と言って、私に手渡した。

「読んだかい」

私が聞くと、

「読んだわ」

それだけ答え、暫く黙っていたが、今度はそれと全然無関係に、

「私ね、今のお勤め、やめたくなっちゃった」

「もう、あと四月足らずだろう」

私が答えると、

「それは判っているのだけど……」

呟くように言って下を向いたが、それに一人言のように、

「私も、大学院にでも行けばよかったなあ」

とつけ加えた。

「本気かい」

私は節子の顔をみた。節子は顔をななめに伏せぎみにして、一瞬考えるかのようにみえた。

もし、その時、節子が本気で言ったのだったなら、私はかなり無理をしてでも、そうできるよう努力しただろう。私は節子の希望はなるたけかなえてやりたいと思っていた。

何故なら、私にできるのは、精々それ位なのだと、おぼろげに感じていたから。

が、節子はすぐ首を振った。

「ちょっと、思っただけ。それより、結婚して、早く二人で暮すようになりたいわ」

そして、私の手をとり、その指を一本一本調べるように撫《な》でてみていたが、やがてその一本一本をそっと折り曲げて軽い握りこぶしにさせ、大事にしまうように、私の膝《ひざ》の上におくと、

「ただね、自分が一生やるようなことが、何かあるといいなって、思ったの」

と言った。

節子のそうした言葉に、応えてやれなかった自分を、私は残念に思う。そして、また、それを恥ずべきだろう。が、自分が一生やるようなこととは、一体何なのか。私がそれを持っていたと言うのだろうか。

「寒いな」

と、私は言った。節子も、気分を変えるように、

「本当ね」

と応ずると、

「今、炬燵《こたつ》をつくるわ」

と立ち上った。

その夜は遅くなったので、叔母たちにも勧められて、結局、佐伯に泊った。

その夜半から気温はますます下がり、雪になった。翌朝も雪はやまず、風も出て、東京には珍らしく吹雪模様になった。節子は、家を出際に、客間でまだ寝ていた私のところに顔を出し、

「外は寒いわよ。もう一日、うちにいらっしゃいな」

と言って、出かけて行った。

それをきっかけに、私は起きたが、起きて外を見ると、実際、下宿に戻るのは少し億劫になる天気だった。幸い必要な本も持ち合わせていたので、私はその日一日、節子の部屋の炬燵で本を読んで暮した。

夜も私は本を読み、節子はそのそばで、ぼんやり身体を休めたり、雑誌をめくったりしていた。その雑誌は、確か、月遅れの『芸文思潮』だったと思う。それをみながら、節子が私に声をかけた。

「このF先生の随想、お読みになった？」

私はその文章を覚えていた。

Ｆ先生というのは、節子の友達の横川和子の相手の教授である。『シャリエ教授の思い出』と題したその文章は、若い時のフランス留学の話で、ごく平凡なものであったが、その中で、彼が街で若い婦人を連れたシャリエ老教授に会ったことが述べられていた。彼はそれを娘さんだと思い込んでいたのだが、あとになって、それが夫人だと知った。老教授がはじめの夫人を数年前に失い、その後、最初教え子であり、のち秘書でもあったその美しい夫人と再婚したのは「有名な話だったそうであるが、うかつにも私はそれを知らなかった。それにしても、当時、若かった私は、この話に、教室では厳しい老教授の人間味溢れる他の一面をみた思いで、ほのぼのとした気持になったのであった。」と、彼は書いていた。

それは普通なら忘れてしまうような感想だったが、そういう話を書いたのが、横川和子の相手のＦ教授だということと、彼が「若い私は」ではなく、わざわざ「若かった私は」と書いているのが少し気になったのとで、私はその文章を覚えていた。

「読んだよ」

私が答えると、節子は、

「横川さんね、先生の奥さんが死ねばいいって、……ううん、そこまで言わなくても、奥さんがもし死んだらってこと、考えちゃうことないかしら」

と言った。

節子の言う通りかも知れないと、私は思った。

「ことによったら、だから見合いをしたのかも知れないね。自分を罰するためって言うか、自分を防ぐためって言うか」

「生きるって、やっぱり、どこか、恐いところがあるわね……」

節子はそう呟くと、顔を上げてきいた。

「それで、宮下さんていうお見合いの相手の方に、横川さんのこと、何かお答えになったの」

その週の月曜、私は宮下に会っていた。私は彼にたずねられて、

「とても純粋な人だそうですよ」

と答えた。それ以外、私にどんな答えようがあっただろうか。

そのことを、私は節子に言った。節子は、

「そうよ。本当にそうよ」

と言った。

宮下はその時、私の答えに頰をほころばせると、

「I先生が紹介して下さったのだから、君にきくなどしては、先生に失礼だったのです

が……」

と、言った。I先生とは、横川和子の相手のF教授と同僚である英文の教授だった。私は、やっぱり話はF教授から行ったのか、と思った。

宮下は少し声を落し、うつむき加減になって言った。

「今度のことで、ぼくは、I先生や仏文のF先生、その他の色々の先生方で自然につくられている共同体が、ぼくらを包み、おおっていて呉れるのだということが、本当に判りました。ぼくの相手の横川さんはF先生の愛弟子で、F先生を通してぼくに紹介された、というより、地方住いの御両親に代って、F先生が親代りのように、よい縁談を探していらしたらしいんです。F先生は、見合いの席にも、きて下さったんです。学問の世界が、学問の世界として、揺るぎなく築きあげられて行くためには、こういう人間的配慮が欠かせられてはならないのだということを、つくづく感じました」

その雪の水曜日の夜、私は節子に、宮下のこの話も伝えた。節子は、

「そう、F先生が見合いの席に……」

と、うなずきながらきいていたが、やがて、

「横川さん、恐くないかしら」

とだけ言った。

翌木曜日の夜、私は手紙を返しに、曾根の家を訪ねた。

昔風の、ガラスのはまっていない細かい格子戸を引くと、玄関のすぐ左脇の曾根の部屋から、華やいだ若い女の声がきこえた。眼を下にむけると、来客のらしい、その頃流行しはじめた尖《さき》のとがったベージュの女靴が、玄関の踏み石の上に揃えてあった。声をかけると、曾根は、すぐ部屋から出てきた。

「大橋か。わざわざ来たのか。上がれよ」

上がるのは少し億劫だなと、私は思った。手紙さえ返せばいい。知らない女客を混じえて、当りさわりのない会話をするには、少し疲れた気持だった。

が、曾根は私に何も言わず、すぐ後ろをむいて、声をかけた。

「おい、出てこいよ。大橋だよ」

そして、一度閉めた部屋のふすまを、また開けた。

私がそちらを見ると、そこから、少しばつの悪そうな顔をのぞかせたのは、あの大学院一年の山岸徳子だった。山岸徳子は、ちょっとおどけたように、

「今晩は」

と挨拶してみせ、

「どうぞ。私はもう失礼するところだったの」

とつけ加えた。

その言葉は本当らしかった。徳子は、

「ちょっと、お母さまに御挨拶してくるわね」

と、小声で曾根に言って、奥の方へ行った。私はその後ろ姿をみながら靴を脱いで上がり、曾根の部屋に入った。曾根は玄関に残った。

徳子はすぐに戻ってきて、送りに出てきた曾根の母と親しげな挨拶をとりかわしていた。曾根の声もそこに混じった。私はふすまのこちら側で、それをきいていた。

ふすまが少し開いて、曾根が顔だけ出した。

「ちょっと、駅まで送ってくる。すぐ戻るから」

そして、二人は出て行った様子であった。

私はそこにつくってあった炬燵で身体を暖めながら、ぼんやり曾根の帰りを待った。

それは、私にとっても、懐しい部屋であった。私がはじめてそこを訪れた時には、部屋の向う側の大きな作りつけの本棚はまだなく、今は廊下に出されている組立式の本棚がそこにおかれてあった。暫くして、大きな本棚が入り、次第にそれが様々な本で埋って行った。ある時は社会科学書が、ある時は美術書がふえ、やがて文学書が目立った。

今は下段から中段までは主に英文学関係の原書が並び、マルクス全集などは上段に移されているが、それでも、最近はじめて翻訳されはじめたトリアッチや、グラムシもそれに並んでいる。そして、本棚がそう変って行く間、そのそばで、私と曾根は様々なことを語り合った。私は、曾根が自分の日頃の生活を自分の思想とはなれた所で営むことを、どんなに嫌ってきたかを見てきた。そうした曾根に愛着した女の子たちが、この部屋に曾根と一緒に坐ることを望みながら、一方で思想よりも女の子らしい優しい日常を愛したために、曾根の頑《かたくな》な拒否に遇ったのも見てきた。そして、今、とうとう、あの華やかに明るげな山岸徳子がここに坐ったらしい。これが生なのか……。そうした感慨が、私の心の底に、ずっしりと沈んで行った。

曾根は間もなく戻ってきた。彼は炬燵の向う側に坐った。私が手紙を返すと、それを受け取り、緊張した顔で、

「読んだのだね」

と言った。

彼は私がうなずくのを見て、口を切った。それは、駅からの帰り、何を言うべきか、はっきりと考えてきた様子であった。

「佐野は主観に溺《おぼ》れていた。学生運動をしていた時も、S電鉄の模範社員だった時も、

そして自殺した時も。佐野がみていた現実は、桃色の幻想か、黒い壁かのどちらかで、それはどちらも、ぼくらの前にある真の現実、ぼくらの意志通りに動くことは決してないが、また、ぼくらの行為を全く無反響に吸収してしまうことも決してできない現実、とは、何の関係もないものだったんだ。――君は、神経性のこぶというものを知っているかい。物理的には何ともなくとも、自分がぶつけたと信じると、そこにこぶができることがあるそうだ。佐野の裏切り、佐野が、現実の壁にぶつかってできたこぶだと信じていた裏切りも、そうした神経性のこぶに過ぎなかったんだ。佐野は自殺したが、本当に現実にぶつかり、現実を変化させようと努力する苦しみは知らなかった。佐野の死は、無意味な死だった。――これが、ぼくが佐野の手紙に言うことだ」

曾根は、そう、一息に、しかし一言、一言はっきりと言い終ると、ふと、声を落して、続けた。

「君にこの前言われて考えてみたんだが、やはり君の言う通り、ぼくは佐野を許していないのかも知れない。だが、それを非難するとしたら、君が政治運動に本気で頭を突っ込んだことがないからだよ。君は知らないのだよ、党員の連中にかこまれて、自分たちの意見と現実とのギャップを指摘された奴等《やつら》が、小市民意識だとか非階級的意見だとか、レッテルを投げつけてののしるのに堪えることが、どんなことか。殆どが党員ばかりの委員会に出て、散々長い討論をした挙句、採決となった時、予め細胞会議で意見を統制して出てきている奴等が、今迄の討論とは無関係に、どういう無感動な冷たい眼の壁をつくって、一斉に挙手するか。その冷たい眼の連なりに堪えることがどんなことか――それは、君には判らないことだよ」

曾根は少し言葉を切って、私の顔をみたが、また、同じ低い調子で続けた。

「佐野はね、この手紙の中で、ぼくは冷たい眼を、あまりに冷静な眼をしていたって書いている。だけど、考えてもみろよ。佐野の書いているクラス会の話は、高校一年の時のことだ。高校の一年生が、そんなに冷静でいられるものか、どうか。ぼくはね、その頃、朝鮮戦乱や、共産党幹部の追放のおかげで、急に、今まで知らなかったし、知ろうともしなかった政治というものを目の前につきつけられて、その複雑さ、判らなさに、自己嫌悪に陥っていた位なんだ。ぼくのまわりには、自信ありげにしゃべり、行動する党員の連中がいたから、尚更だった。冷たい眼をするゆとりなどありはしなかった。だけど、ただ、ぼくは、一つだけ自分に課して、守ろうとしていたことがある。それは、どんなに多くの人が賛成することでも、どんなにうまく形が整っていても、ただ、自分で考えてみて、隅から隅まで納得の行くこと以外は、何も決して信じまいということなんだ。信じることは美しいと人は言う。だけど、ぼくには、信じるということには、いつも、どこか醜さがあるとしか思えなかった。ぼくは、党員たちの華やかに論じ立てる片隅で、必死になって、これはまだ俺にとって判り切ったことではないって、思いつづけていたんだよ」

「それを——と曾根は続けた——、佐野は冷たさだと言う。それもいいだろう。だけど、佐野の手紙は、というより、佐野の体験は、いつも、そうした佐野の意識の内側で起こって、外から佐野の意識をぶちこわすようには起きない。ぼくはメーデー事件には居合わさなかったけれど(それだって、佐野の言うように冷静に避けたんじゃない。自分で納得の行かぬことには参加するまいと思いながら、一方では、歴史の重大な一場面に自分から退場しているのではないかとも思っていたんだ)、警官との衝突は砂川で経験している。だけど、衝突なんてものは、佐野の手紙のように、手際よく起きやしないさ。そりゃ、痛い、ひどい目に遇ったし、こわかった。だけど、今、覚えているのは、ただ、一人の若い警官の歪《ゆが》んだような顔だけだよ。そいつはね、ぼくらスクラムを組んでいるデモ隊の前で警棒を構えて、かかってこようとしながら、他《ほか》の警官たちのように警棒をスクラムの間に強引にねじ込むことができないで、泣き出すような声で、『手を、手を、はなして下さい！』と、叫んでいたんだ。衝突なんて、そういうものなんだ。それ以上は説明できないんだ」

曾根は急に、何かを思い出したように、しゃべりやめた。そして、すぐに、また、低い調子で、問いかけるように話しつづけた。

「そうだ。その時、その警官を前にして、ぼくが何をしたか、君は判るかい。そうだった。ぼくはね、その警官のことを、蹴《け》っとばしたんだ。そいつの太股《ふともも》のゴムのように弾力のある、その癖硬い感触が、まだ、ぼくの右足に甦ってくるようだ――。何故そんなことをしたのか、判らない。今でも判らない。ぼくをその場に連れて行った自分の思想と、その行為が、どこでどうつながっていたのか判らない。ぼくはそれが判らないことを恥じて、ひそかに判ろうと努力した。だけど、それが判る事柄だろうか。それは、そうした事実以上には説明できないんだ。それ以上説明しようとすると、嘘になってしまうんだ、そうした体験ってものは」

曾根は、きっと顔を上げて、続けた。

「佐野のことだって、同じことなのだ。佐野が逃げ出したことと、佐野の思想がどうつながっていたのか、それは、きれいに説明などできる事柄ではないのだ。思想とは、そんなに簡単なものではないはずだ。それなのに佐野は、それを自分の意識の内側でうまく説明してしまって、その中で悩んでいた。悩んでいるつもりだった。しょってやがる、甘えてやがる……って言っては可哀想かも知れないけど……、そう、可哀想だったという他には、ぼくには何も言えない」

曾根は、冬の夜道を駅まで送って呉れた。その道で、彼はぽつりと言った。

「ぼくは山岸と婚約したよ」

そして、私の顔をみないで、少し自分を嘲《あざけ》るようにつけ加えた。

「変な組み合せだろう。感性って、おそろしいものだね……。でも、ぼくが彼女を好きになったのも、一つの現実さ。そして、現実って奴は受け入れて行くほかは、ないからね」

私は感性ということばに、徳子の華やいだ美しい表情を想い浮かべた。

雪のあと、またすぐ少し暖かい日々が戻ってきたが、それも長くは続かなかった。暗い荒れ模様の日を何遍かくり返しながら、季節は次第に、今度こそ本格的な冬に変って行った。私の下宿の辺りでは、風が畑の土を巻き上げ、机の上がざらざらになる日が続いた。それを雑巾《ぞうきん》で拭《ふ》こうとすると、水道の水は日一日と、切るように冷たくなって行った。

私と節子の生活は、別に何の変りもなく過ぎて行った。節子は少し疲れ気味のようだったが、特に休みもせずに、勤めに出ていた。私は修士論文の期限がそろそろ迫ってきて、火曜日に佐伯を訪れるのも、怠り勝ちであった。

佐野の手紙を読んだことは、私の心にも、何の痕《あと》も残さずに通り過ぎた訳ではなかった。私はH全集を買った晩のことを覚えていた。今にも崩れ落ちそうな古本の棚から、H全集が私の心の片隅に隠された空虚さに呼びかけたような、あの奇妙な体験。あれは、死者の心の呼びかけであったのだろうかとも、思えた。だが、私はすぐそれを打ち消した。私たちには、みな、各々自分にふさわしい生と死があるのだ。佐野の生と死は、所詮彼の生と死であった。革命家たろうとして、革命家たりえなかった佐野。その彼が、何故、私に呼びかけることがあるだろうか。私は間もなく語学教師となり、語学教師として暮し、二、三の訳書でも出して少しの間幸福になり、やがて、語学教師として老いて行こうと、心に定め、また実際そうなっても行く人間なのだ。

ある曇り空の土曜日、節子は私の下宿で、夕食の用意をしながら、ふと言った。

「私、こうやって、一生あなたのお食事、作って上げるのかしら」

私は、はっとした。その言葉には、何処か絶望的とでも言いたいような響きがあった。節子は前にも、これと同じことを言ったことがあった。その時も疲れている様子だった。しかし、今の節子の言葉の中には、唯《ただ》の疲れではなく、生きることに白けてしまったような思いが感じられた。だが、そうした白々《しらじら》しさに対して、私たち人間同士はどうすることができるのか。私は節子の手をとって、そっと撫でながら、弁解するように言った。

「作ってほしいと思っているんだよ」

しかし、その言葉は空虚な響きとなって、ガラス窓の向うに果しなく拡がる鉛色の空間に吸い込まれ、消えて行った。

節子は気をとりなおしたように、ほほえんで言った。

「でも、駄目ね。どうせ、すぐ赤ちゃんが生まれて、すぐ学校に上がって、すぐお弁当のいる中学生になって、あなたのお食事なんか忘れてしまうようになるわね」

次の火曜日、私は論文のために佐伯に行かなかった。そして、また節子が私の下宿を訪れる土曜日がきた。

が、その土曜日、節子は来なかった。私は本を読みながら節子を待ったが、いつもの時間を一時間過ぎ、二時間過ぎても、節子は現れず、電話もかからなかった。それは、節子が毎土曜に私の下宿を訪れるようになってから、はじめてのことだった。

私たちは婚約者だった。それとも、恋人同士ではなかったと、言うべきだろうか。二十歳にもならぬ頃、女の子たちと、十分待ち、二十分待たせて、互いにぶつけ合った、あの渇きにも似た焼けつくような感情のやりとりは、もう私たちの間で起きるはずはなかった。だが、いつまでたっても来ない節子を待っていると、意外に重い失望感が、自分の心の底に沈んでくるのに、私は気づかないわけに行かなかった。

やがて土曜は終り、日曜、そして月曜が過ぎた。しかし、節子からは何の連絡もなかった。私は机に向って終日を暮しながら、心の中の不安を感じつづけていた。だが、そうした不安と失望感の意外な重さが、私に電話をかけさせなかった。私は、節子の無音《ぶいん》の中で、自分の不安の重さを、量りつくしたいと願っていたのだろうか。

そして、火曜日が来た。火曜日は、午後からアルバイトに出かけ、その帰りに佐伯へ行くことになっていた。私がそろそろアルバイトに出かけようと思って、机の上を片付け出していた時、節子から電話がかかった。

勤め先のそばの赤電話らしく、都電や自動車の行き交う音に混じって、少し息を切らせたような節子の声が聞こえた。

「ねえ、文夫さん？　土曜日、御免なさいね。あのね……、何だか、身体が大儀で、たまらなかったのよ」

それなら、何故電話を、と私はきくべきだったろう。だが、その声には、どこかひどく切なげな所があり、もしそうした質問を私がしたら、何かが忽ちこわれて、その後ろにひそんでいる未知のものがむき出しにされてしまいそうな恐さがあった。

「そうだったのかい」

私はただそう答えた。

そのあと、しばらく沈黙があり、その沈黙を、ごうっと、都電の音が横切って行き、節子は言い辛げに口ごもった。

「ねえ、今日ね、あなた、いらっしゃるでしょう。ううん、あなたがいらっしゃる日でしょう……。でもね……、今日ね、……少し頭痛がするのよ」

「どこか悪いのかい」

「ううん。そうじゃないんだけど……。ね、土曜には行くから、今日は……。辛いのよ、話をするのが」

「どうしたんだ。何かあったのか」

「そうじゃないのよ。でも、ね、お願いだから、今日はいらっしゃらないで」

節子はこの最後の言葉を、今にも泣き出さんばかりに、懇願するように言った。

やがてまた三日が過ぎ、四日目の土曜日、節子は、少し遅れて私の下宿に来た。

節子の買ってきた菓子が皿に盛られ、それを間にして、私たちは黙って向き合っていた。

「この間は、御免なさい」

節子は自分の指の先を見ていた。

「あのねえ。今日は、ちょっと、お話ししたいの。ちょっと、真面目な話」

私は顔を上げて節子の顔を見た。節子は大きく肩で息をしながら、私の顔を見ていた。が、ふとその視線を下へそらすと、前の言葉とは無関係のように、低い声で言った。

「ねえ、佐野さんの手紙、お読みになったでしょう。私たち……、私たちは、死ぬ時、何を思い出すかしら」

私の心を、ある夏の白々した海岸の風景が横切った。が、それは節子には関係のない風景だった。そして、私にしたところで、やがてそれも忘れ果てるだろう。私は答えた。

「自分が老いてきたってことを」

「私たちが、老いてきたってこと……。その時には、あなたが昔少年だったことを想い出せるのは、私一人になるのね」

節子は考えるように口をつぐんだ。が、急に、不安げに言った。

「でも、私、その時、想い出せるかしら、あのはじめての晩のあなたの顔や身体」

「年をとってから、若い時のことを想い出して、それだけ幸福になれるとは限らないと思うよ。想い出さない方が幸福な若い時だってある。それから逃げて、漸く老いてきたって言うのに」

「私、今でも、もう想い出せないのかしら、もう覚えていないのかしら、あの時のあなた……。ああ、想い出そうとすると、急にぼやけてしまうわ。ねえ、あなた想い出せて、あの時のわたし」

闇の中の、ほの白い節子の身体。だが、私の脳裏に浮かぶそれは、あの時の節子のそれなのだろうか。

「どうだろうか。覚えてはいるけど、想い出すって、どういうことなのだろう。ぼくに見える君は、いつも、その時の君なのだよ」

「そうなのね。あなたのおっしゃる通りなのね、私たちって。私にも、今のあなたきり見えないわ」

節子は不安にせき立てられるように言うと、少し身体を引いて、遠くを見るような不確かな視線で私を見つめた。私は眼をそらして、下をむいた。

「それで悪いのだろうか」

節子は答えなかった。節子は坐り直すと、ぎこちなく手をのばして、食卓の上で私の手をとった。節子の息は荒く、その手には力が入って、ふるえていた。節子は息を整えるように何度も大きく呼吸をすると、私をみつめながら言った。

「ねえ、私たちって、間違っているのじゃないかしら、どこか、はじめから」

とうとう言ってしまった——、そういう思いが、節子の眼に拡がった。重い沈黙が、次第に私たちの間に沈んで行った。それは、私たちの間では、まだ知らなかった沈黙であった。いや、そうした沈黙をさけるためにこそ、私は節子と婚約したのではなかったろうか。私は言った。

「ぼくらがこうなったのは、自分たちがそれと知って望んだからではなかっただろうか」

「ねえ、私たちが二人で、一緒に持っているものって、これが私たち二人のものですって、言えるものって、何なのかしら」

「ぼくらが一緒にいるということのほかに、それがなくてはいけないだろうか」

「でも、ほしいのよ」

「ぼくらが一緒になる前、ぼくらが別々に過ごしてきた何年かの生活、あえて呼べば、ぼくらの青春——、それはね、ほしいと思うものが、いつも手に入るほど豊かだったろうか。ただ外側から拒否されていたって意味じゃない。これはあっていいものだ、あってほしいものだ、あるべきものだと思うものが、一方で、自分の心の中を、すうっと逃げて行ってしまう。自分の心がそれを持とうとしない。それが、ぼくらの青春だったのではないだろうか。そして、ぼくらが今、一緒にいるっていうのは、ぼくらがそうした現実の中で、ぼくらの生を、ともかく終りまで過ごして行こうと思い定めたからなのではなかったろうか」

「それは、そうだったかも知れないわ。でも、私が言うのは、そんなことじゃないの。ね、判って頂けないかしら。私、不安なのよ。私たち、もうすぐ結婚するわ。今だって、もう半ば結婚しているようなものよね。それなのに、ねえ、夫婦って、こんなものかしら。こんなものでいいのかしら。私たちって、何だか、ひどく貧しくって、このままじゃ、すぐ疲れてしまう、いつか、もうどうしようもなく疲れてしまうだろうって気がするのよ」

私は眼を上げて節子をみた。節子は眼をそらし、ためらうようにつけ加えた。

「佐野さんのように」

「佐野って人には、ああいう生き方があった。だけれども」

私は節子の言葉をはねかえすように言った。

「彼はあまりに期待しすぎたんだ。期待するのは、いい。自殺するのもいい。だけど、自分の現実っていうか、ああ俺はこうなんだなってことを、知っていさえすれば、生きることは、そんなに大変ではなくなるはずだと思う」

「自分のことを、そんなによく知ったと思うのは、いえ、一度は思ったにしても、そう思いつづけるってことは、やっぱりむつかしいことだし……それに、どこか……」

「どこか……？」

「どこか、不遜なところがないかしら」

節子はそれを、低い声で少し口早に言うと、私の答えを待たずに続けた。

「それは、私も、佐野さんは間違っていると思うのよ。あの人も、どこか決め込んでいるところがあるわ。でもね、自分が死に臨んで何を思い出すかってところを読んだら、どきっとしたわ。まるで、それが自分に向って言われているみたいで。もう、前から判っていたのに、自分に隠していたことを言われたような気がしたの。そして、その答えはすぐ判ったわ。何にもないって。ただ、何にもないのじゃなくて、何にもないように、そういうようにわざわざしているのだって。ねえ、そりゃ、私が悪いのは判っているのよ。私たちが婚約した時、口には出さなかったけれども、何となく、互いに馴《な》れ合って……、御免なさい、こんなこと言って。でも、やっぱり、そうだったと思うの。私たちの間には、馴れ合って、認め合っていたことがあったわ。何て言うのかしら、私たちが、両方とも、もうあきらめてしまっているということ。だから、あなたがおっしゃりたいことはよく判るの。今更、こんなことを言い出すのは、私が悪いのよ。でも、ね、何故、ね、何故、一遍そうだったからといって、ずっとそうでなくてはいけないの」

「ぼくらは、あきらめて、そうなっているのだろうか。ぼくらは、すでにそうなのだよ、はじめから。いい、いけないの問題ではないんだ、少なくとも、ぼくにとっては」

「私にも、いい、いけないなんて、冷静な問題じゃないのよ。ね、判って頂けないかしら。あなたは不安にならない、自分が死ぬ時、何も思い出すべきものを持たないと思って。佐野さんは間違っていると思うのよ。その副社長って人が、自分の死を思って、暗い顔をしたからといって、人間が生きてする仕事に意味がないと思うのは、おかしいわ。それは、佐野さんが、自分でも気づかずに、自分の今している仕事には意味がないって感じていたからなのよ。それは、死ぬって淋しいことよ。それは判るわ。判りすぎる位、判るわ。私って、そういう女の子だったもの。だけど、それが淋しいってことと、死に面して自分の仕事が無になっちゃうということとは、全然別のことよ。そんなことで無になってしまうっていうのは、それは、はじめから何もなかったからよ。そんなことで無にならない仕事が、何かあるはずだわ」

「それがあってほしいと、ぼくが思わなかっただろうか」

「ないと決めてしまうのは、傲慢《ごうまん》さというものではないのかしら」

「そうではないんだ。それはあるかも知れない、この世界の何処かに。いや、きっとあるに違いない。昔から、そういうものはあったらしいし、これからもあり続けるのだろう。だが、ぼくにはないんだ」

「何故」

「ぼくがそうだから」

「それは、思い込みではないかしら」

そうではない――と、私の心に叫ぶものがあった。思い込みというなら、何故私がその逆を思い込みたいと願わなかったことがあろうか。だが、ある年、白々とひらけ輝く真夏の海を前にして、私は自分を発見したのだった。私はその夜、節子に、その真夏の海の記憶を語った。

第四の章

白い海の記憶

それは、私が大学に入って二年目の初夏のことだった。講義も大体終り、事実上の夏休みに入って数日後のある朝、まだ六時前に、私は友人からの電話で起こされた。

「おい、大橋か」

そう言った友人の声には、何か、はっと息をのませるものがあった。

「梶井さんが自殺したぞ、ゆうべ」

梶井優子は、その前の夜遅く、駒場の東大教養学部本館の二階の教室で、薬を飲んだのだった。暁《あ》け方《がた》、守衛が発見した時は、既に手遅れだった。優子のいた白金の東大女子寮の同室の女子学生から連絡をうけたその友人がすぐ病院に駈けつけた時には、もう息はなかったという。電話を切ると、私はすぐ病院へ向おうとした。

下宿の玄関に立った時、朝食の仕度をしていたそこの主婦が私を呼びとめ、一通の速達を渡した。優子からだった。

「ゆうべ、来ていたんですが、お帰りが遅かったもので」

そうだった。その前の晩、私が帰ったのは、一時を過ぎていた。その頃知り合った女の子とつき合っていたのだった。私はその手紙をポケットに押し込んで駅へ急いだ。それはさわやかに晴れ上った初夏の朝だった。今日一日の生命に溢れた暑さを約束するように、朝の太陽の輝く日差しが、立ち並ぶ家並の露にぬれた屋根屋根にきらめいていた。

梶井優子は、私の同級の友人だった。前年の秋の駒場祭の時のクラス演劇がきっかけで、手伝いにきた他大学の女子学生なども含めて十人ばかりのグループができていたが、優子も私も、また優子の死を私に知らせた多湖という友人も、みなその仲間だった。

私が何故、柄にもなく芝居をしたか。演劇青年も、文学青年も、ボヘミアン風の装いも、デカダンスを気取った盛り場の夜の彷徨《ほうこう》も、みなきらっていた私が、何故芝居をし、彼らの仲間であったか。それは、退屈だったからだった。

私が大学の受験勉強を、五当六落、五時間なら受かるが、六時間眠れば落ちる、とありえないことが真実であるかの如くささやかれ、毎年何人かの自殺者を出す受験勉強を、楽しんでいたと言えば、きざに聞こえようか。だが、それは事実だった。目の前に目標があり、その要求にあわせて自分の頭脳を訓練すること——、それは、おそらく体操の選手が味わうであろうような爽快さを、私に味わわせた。内容が何であれ、私は自分の若い頭脳が、機械のように正確に動作するそのことを楽しんだ。そして、何にもまして私を充たしたのは、そこにおいては全てが決定可能だということであった。全てを自らとの関係において決定する目標が眼前にあった。全ての事柄の意味、比重、座標は、その目標を原点とすることで決定しえた。それは確かな世界であった。

合格は祝福だったのだろうか。真赤なつつじの花が目にしみる春の駒場の構内で、私は月並な喜びとともに、うつろな眩暈《めまい》を感じていた。あの確かな世界は終り、そこには不確かな、茫漠《ぼうばく》とした世界が拡がっていた。

優子とのことも、その空虚感のためだった——と私が言うとしても、それは自己弁護のためではない。良いとか、悪いとかいうことには、私は興味がない。

だが、空虚感のため、という言い方は、やはりよくないだろう。それは、私が何かを失い、その穴を埋めるため、と聞こえる。そうではない。どう説明すべきか。私は何も失いはしなかった。失うべきものを持ちはしなかった。ただ、私の中に空虚さがあり、いや、私が空虚そのものであり、そして優子がそれとすれちがう時、その空虚の中を通って行ったとでも言おうか。

いや、説明するには及ぶまい。そこには、事実があった。男と女が出会う時、彼らの間で起こる事実があったと言えば充分だろう。

私たちの世代が（と、あえて言わせてもらおう）、性の解放を主張していたと言ったら、あるいは、性を自由に考えていたと言っても、それは既に積極的に過ぎるだろう。ただ、私たちは自分の性的欲望を知っていたし、それを充足することを別に悪とは、特にそれを善と思わないのと同様、思わなかった。勿論男と女が寝るということ、あるいはそれに伴う人間関係は、善悪、あるいはそれの不在だけで片付く問題ではないが、私たちにはそれだけで片付くような錯覚、というより、片付けようとする傾向、があったようだ。好意を持ち合った場合、それが身体の結びつきに移行するのを妨げることは、私たちには格別にはなかった。私がはじめてそういう経験を持ったのは、駒場祭の芝居の準備中、衣裳を手伝いにきていた二つばかり年上の女の子とだった。彼女は既に半年ばかり同棲の経験があると言っていた。

その女の子とは、そのあと二度ばかり会った。それはそれなりに大きな体験だったが、今語るべき主題とは、あまり関係がない。そのあと、私は渋谷の喫茶店Ｓに出入りするようになり、そこに同じような目的で出入りしている女子学生やＢＧと、そうした体験を重ねるようになった。だが、日々に新しい相手を求めることは、様々な意味でわずらわしかった。私は、気心の知れた同じ芝居仲間の中へ戻るようになり、結局、相手はその中のL大の左絵子という女の子に落ち着いて行った。

　そうした関係が情事と呼ばるべきか、恋愛と呼ばるべきか、私は知らない。だが、それらの相手との間に、またフィジカルな関係はなかった女の子との間に、そしてまた、そうしたことを知る以前につきあっていた女の子との間にも、それなりの激しい感情のやりとりがなかったわけではない。それは、おそらく、恋にとてもよく似ていたと思う。あるいは、恋そのものだったかも知れない。そして、そうした激しい感情が、芝生の緑の萌《も》える駒場の構内を歩く私の空虚を、充たし、補うかにみえたこともあった。

　しかし、その激しさは、空虚を支えはしなかった。その激しさは、空虚と何の差《さ》し支《つか》えもなく並存し、間もなく消滅した。その激しさは、そうした質のものであった。それを私はすぐ知った。別の言葉で言えば、私は激しい感情の中にありながら、それが自分を全的に充たしはしないこと、その激しさは、永遠に続く空虚という遊戯の中の中休み、子供の言う「たんま」に過ぎないのだということを、はじめから知っていた。

　だが、そのことを、恋愛への失望と解するならば、それは誤りである。それはあらかじめ持った恋愛というイメージが、現実によって破壊されたと聞こえる。だが、そうではなかった。それは、恋愛というイメージは、私にははじめから、不在だった。はじめから不在だった――それを、私は事実として言う。そこには、多少の羨望《せんぼう》はあるとしても、失望はない。私たちの世代は期待とは無縁の世代だ。あるいは、私は、と言おうか。私は、明日起きるだろうことを予《あらかじ》め人に教えるところの意味体系を持つ世界には育たなかった。私の前にあったのは、継起する事実だけだった。私は、事実から、世界とは何かを学んだ。私には失望は無縁だった。

私が二年になった年の五月末、つまり優子の自殺した年の五月末、私たちは五月祭の休みを利用して、野尻湖畔にある東大寮へ出かけた。優子も左絵子も、また多湖も一緒だった。優子が駒場祭以来一番親しくつきあっていたのは、多湖であったが、その多湖は高校での下級生でその年東大に入った、まだ子供っぽい川村珠子に気をひかれはじめていた。多湖は私たちのグループに珠子を仲間入りさせ、その旅行にも誘って、専《もっぱ》ら連れ歩いていた。だが、優子は別にそれを気にしている様子はなく、これも一年生の国枝という子供っぽい学生を相手にして、少し目立つ位に陽気だった。時折、派手な笑い声を上げる時、優子の野ねずみのような小さい眼が、きらきらと光った。

季節はずれの寮は空《す》いていた。泊っているのは私たちだけであった。着いた日はボートで湖に出たが、高原の水面を渡る風は、まだ頰を切るように冷たかった。多湖は珠子に、手をとるようにしてボートの漕ぎ方を教え、優子はそれを横眼でみながら、国枝に漕がせて沖の方へ出て行った。やがて、山間《やまあい》の日は早々と暮れ落ち、夕食の時間になったが、優子たちだけは、なかなか戻らなかった。多湖は夕食もとらず、珠子をつれて桟橋に出て、薄暗い水面に向って懐中電灯をふりながら二人を待った。私たちが夕食を終え、明りのついた寮の玄関から暗い桟橋に立つ多湖と珠子の後ろ姿を見守る頃、漸く水を漕ぐ音がきこえ、二人は戻ってきた。

「一体、どうしたんだ」

真剣な面持ちの多湖に、優子は、

「ううん、別に。遊んでいたのよ。御飯は先に上がったでしょう」

と答えた。そして、桟橋の方へ出て行った私たちには、小声で、

「どうも御心配掛けて済みません」

と言うと、その横をすり抜けるように小走りで寮の中へ入って行った。国枝はボートの始末を済ますと、

「ああ疲れた。まだ、まだって、少しも帰ろうって言わないんだから」

と不平がましく言いながら、オールを担ぎ、

「ああ、寒い」

と、優子のあとを追うように寮の中へ駈け込んだ。

ジャンパースカートの珠子は、多湖と並んで、その二人の後ろ姿を、眼を見はるようにして見送っていた。

その夜、私は左絵子と打ち合わせて、十二時過ぎ、みなが寝てから部屋をぬけ出し、使っていない部屋で会った。人気のない部屋はひどく寒く、戸棚から出した蒲団にもぐっても、はじめのうちは、体を動かして外気が裸の肩にふれるたびに、歯ががたがたと鳴った。

一時間ばかりして、私たちはその部屋を出た。ふるえるようにしている左絵子の肩を抱きながら、男たちの寝ている部屋の前にきて、そこで別れようとすると、その廊下の湖に面した窓の脇に、優子がこちらをむいて立っていた。優子は私たちに気づくと、うつむいて視線をそらし、女の子たちの部屋の方へぼんやりと戻って行った。私は左絵子と優子が黙ったまま会釈をかわし、一緒に部屋に入って行くのを見てから、自分の部屋へ戻った。

翌日は妙高登山だった。九時頃みなは賑やかに池の平行きのバスに乗り込んだ。ただ、私はボートのせいか、それとも夜のせいか、風邪気味でだるかったので、一人あとに残った。

私は部屋に閉じ籠《こ》もり、窓からいたずらにスケッチなどして午前中を過ごした。そして、昼食をとり、また少し熱っぽくなってきたので、蒲団を敷いて横になっていた時だった。部屋の戸が開いて優子が入ってきた。

優子が一人戻る前に、バスの中で何があったかは、優子が死んでから聞いた。はじめ席が一つ空いて、そこに川村珠子が坐った。次に、そのうしろの席が二つ空き、そこに多湖と優子が並んで腰かけようとした時、多湖が優子に、珠子と代ってほしいと言った。その時は、優子は別に厭な顔もせずに代ったと言う。が、暫くして、気持が悪くなったから戻ると言い出し、一緒に戻ろうという国枝の申し出もふり切って、一人でバスを降りてしまった。

私はその時、その話を知らなかった。私が、どうしたんだときくと、優子は唯、少し風邪気味だし、何だか、気がくさくさしてきたから、戻ってきてしまったと言った。

「私って、一遍嫌だと思ってしまうと、もう駄目なの」

優子は誇示するように言った。

優子は下からお湯をもらってきて、紅茶をいれた。私はそれを飲みながら、ぼんやり坐っていた。優子は気ぜわしく立って窓から山の方をみたり、坐っていたずら書きを書き散らしたりしていた。優子は苛立っているようだと、私は思った。

「大橋さんは風邪ひいても仕方ないわね」

横坐りに坐った優子は、急に言い出した。

「ゆうべのことか」

「そうじゃないわ。大橋さんはずるいからよ」

優子はいどむように言った。

「ずるい？」

「そうよ。大橋さんのお相手は、少しぼんやりした人ばかりね。あの人のこと、本当に好きなの？」

「さあ、どうだろう」

私は手に持った茶碗をゆっくり、まるく揺さぶった。紅茶は次第に渦になってまわりはじめた。

「でも、別にぼんやりした人を選んでいる訳じゃないさ」

「そうかしら。それは、大橋さんがそうした人を好きならいいわよ。でも、大橋さんの場合は、自分のことを判ってしまう相手はこわがって避けているところがあるのよ。大橋さんのセクスや遊びの相手は、それだけの相手。大学での友だち、セクスや遊びの場でないところでの自分を知っている友だちは、こわくて、セクスの相手にできないの。

セクスに対する冒瀆《ぼうとく》よ」

　優子はいつも、セックスではなく、セクスとその音を発音した。その硬い響きは、少女の歯に噛み切られた青草のように鋭く匂った。

　私は茶碗をゆっくりまわしつづけようとした。が、熱っぽい私の腕はぎこちなくふるえ、紅茶は不規則に波立った。私はそれを無理に抑えるように言った。

「冒瀆って何だ。好きじゃなければ、いけないか」

「そんなこと言ってはいないわ」

　優子は切りかえすように答えた。

「好きとか嫌いとか、そんな不安定なことを問題にしているのではないの。セクスに対して、自分の欲望に対して、純粋であるか、どうかよ。こわがって打算するなんて、卑怯だわ。セクスの欲望を充たす時は、その欲望に対して純粋であるべきよ。そうしたいのちそのものに純粋になれなければ、私たちは干からびてしまうわ。そこに、自分を見すかされまいとする思惑なんか持ち込むのは、汚ないわ。老人みたいよ」

　私は茶碗を机に置いた。それは、がたっと思いがけぬ音を立て、波立ちこぼれた生ぬるい紅茶が手を濡らした。私は苛立ち、かぶせるように言った。

「思惑なんか、持つもんか。こわいものか。相手さえその気になれば、誰とでも寝るさ。

例えば、君とでも」

優子が、はっと身じろぎしたようだった。横坐りに坐った優子のフレアースカートは二つの太股の間でゆるい谷間をつくり、その下に隠された丘陵のおぼろげな曲線を、なぞっていた。私を不意に別の感情が襲った。私は上ずろうとする声を低く抑えて言った。

「もし、ぼくが君に欲望を持ったら……」

「そうよ！」

優子は勝ち誇ったように叫んだ。

「私だって女なのよ。欲望に純粋になればいいんだわ」

だが、そう叫びながら、優子は堪えられぬように少し腰を浮かし、窓際に後ずさりした。眼には殆ど恐怖に近いような緊張の色が浮かんだ。私がその肩に手をのばすと、かすかに、

「あっ」

と叫んだ。

私は、その叫びに、我に返った。私の手はそばの窓の敷居をつかみ、優子の身体に触れようとする衝撃に辛くも堪えた。その窓の向うには、雪のまだらに消え残る枯茶色の妙高山がそびえていた。

やがて、白々しさが私を領した。

「ぼくが純粋だろうとなかろうと、それが君と何の関係がある」

私は吐き出すように言った。優子は私の視線をさけて、うつむいた。

「そうよ」

優子は自分に言うように言った。

「醜いのは私だわ。年寄りみたいなのは私だわ。私はもうすぐ二十一よ。大学に入っての一年。何もしない間に過ぎたわ。そして、おとなしい二十一歳。模範的な二十一歳。善良にして品行方正の二十一歳。年老いた二十一歳」

優子は次第に自分を苛《さいな》むように激してきた。優子はこちらをふりむくと、詰問するように言った。

「ねえ、あなたに判るかしら。女の子が、高校に入った頃から、もう何を思い、何を待っているか。ううん、もっと前から、もっとずっと前から、もっとずっとちっちゃい時から、鏡の前で自分が女の子だってはじめて知った時から、もう何を思い、何を待っているか……。それでいて、こわがるなんて」

優子は私を見つめ、叩きつけるように言った。

「抱かれたことのない、接吻されたことさえない二十一歳！　何て醜いの！」

一度は消えた衝動が荒々しく私に甦えった。私は優子の肩をつかんだ。優子は唇を噛み、体を硬くして、動かなかった。力を入れて引きよせようとした私の膝の下で茶碗が倒れ、紅茶が畳を濡らし拡がった。私はその畳の上に強引に優子を引き倒した。優子は体を強《こわ》ばらせたまま倒れかかり、あおむけになりかかりながら、下から私の顔をにらむように見つめつづけた。私はそのきらきら光る眼をのぞき込んだ。

「いいのか」

「いいわよ」

私は優子の上衣《うわぎ》を開き、その下に手をかけて身体をよせた。優子は身を硬くして、小刻みに震えていた。私はふとためらった。

「どうしたんだ」

「何でもないわ。寒いだけよ」

優子ははねかえすように言った。優子は小さなきつい眼を見ひらいて、下から私をにらみ、泣くように叫んだ。

「だめよ！　こわがっちゃ、だめよ！　やろうと思ったことはやるの！　逃げてはだめよ！」

その日の夜、私と優子は皆と別れて、予定より一日早く野尻湖を離れた。玄関でみなと別れる時、左絵子はなじるような視線を私に送ってよこしたが、その右腕は若い国枝の腕にかけられていた。

　私たちが小諸市郊外の中棚鉱泉についたのは、もう十二時に近かった。殺風景な鉱泉宿の窓から外を眺めると、黒々と拡がった野良の向うを千曲川が流れ、それが月の光に蛇の腹のように白々と光った。その時、優子は、涙ぐんだように、その風景から眼をそらせた。


　その時、優子は、涙ぐんだように、その風景から眼をそらせた——夏の朝のはやくも烈《はげ》しく照りつける日差しの下を、少し汗ばみながら駅へ急ぐ私の心に、はっと胸をつくようにその印象が甦えった。

　私は何故その印象を忘れていたのか。だが、優子はそのあと、すぐせきたてるように、私を誘ったのだ。そして、そうした私との愛の情景において、優子はいつも、殆ど生硬とみえるほど、大胆だった。それにしても、その優子の大胆さの中に、涙ぐんだ優子の印象を見失ってしまっていたのは、私が若過ぎたせいだったろうか。

　私が帰京後、次第に優子と会うのを避けるようになったのも、優子のそうした生硬な大胆さのためであった。優子は、肉感の歓びが感覚の流れに乗って自然に自分の中に充ち溢れる前に、それを無理矢理に先取りするかのようであった。優子は、自分の身体が男の眼差し、手、身体、男と自分との交流によって次第に呼び起こされ、ある時は自らの意志に抗がいながらも、自ずと開けて行くのを待たずに、自分の意志によって、自分に強いながら、私の前に身体を開いてきた。それは誇りと屈辱と、快楽と禁欲との混じり合った奇怪な情景であった。

それは奇怪にして、同時にもっとも豊かになりうべき混沌《こんとん》を内にもった情景でもあったのだと、今にして――この手記を書きながら――私は思う。そして私こそが、その可能性としての豊かさを現実の豊かさとするために優子と闘わなければならない位置にあった。だが、その時の私は勿論、優子の自殺をきいた時の私も、更にまた優子との話を婚約者節子に語った今から半年前の冬の夜の私も、そのことを理解しえなかった。それを理解するためには、なお、いくつかの生の風景が私の中に痕跡を残して通り過ぎねばならなかった。人が物事を理解するのは、その理解が、もはや彼の生に何ものも与ええなくなった時なのだろうか。

いや、話を元に、優子の自殺をきいた時の私、夏の朝の太陽の下を駅へ急ぐ私に戻そう。その時の私の胸に、記憶の底から、あのわずかに涙ぐんだかにみえた優子の印象が甦えった。ポケットには出がけに受け取った優子からの速達があった。そして、その時はじめて──人は理解しがたく思うかも知れないが、その時はじめて──私の心に、優子の自殺は自分に関係があるのかも知れないという考えが浮かんだ。私は、まだあまり混み出していない早朝の電車の片隅の窓際で、速達の封を破り捨てた。

優子の手紙

この石造りの建物の中は、夏の午後でも少しひんやりしています。昨日は、一日中ここに坐っていました。夏の長い午後、そして夜が過ぎて行きました。そして、今日も、何のあてもなく坐っています。

この本館二階の教室からは、正門がよく見えます。ぼんやり見ていると、さっきは、あなたに似た人が通って行きました。

休みの学校の構内は、のんびりしています。いらいらしてくる位です。私は、自分は何にでも堪えられるという気持でいます。それなのに、こんなのんびりした所に坐っているのは、一体何ということでしょう。

でも、今は少しおとなしい気分です。さっき、睡眠薬のあの親しみ深い苦さが、のどを過ぎて行きました。睡眠薬を少しばかり飲むと、すべてが軽くなって、何かとてもい い気持です。この教室で放課後あなたと会ったことなんか、すっかり忘れてしまいます。

それにしても、あれは私の心の中でもう随分昔のことになりました。

私は自分を甘やかしているのかも知れません。でも、今日はもう一日、甘やかしてやります。こうしている間も、あなたは何処かの女の子と埃りっぽい盛り場でもうろつき歩き、夜になったら、その子と一緒に、下宿のぎしぎし鳴る階段をのぼるか、少し余分のお金を持っているなら、あの「文化的な」ホテルのベルでも押すのでしょうか。(あの「文化的な」という惹句《じゃっく》には笑ってしまったものでしたが、考えてみれば人間の文化なんてそんなものなのでしょう。)

でも、そんなことはどうでもいいのです。今のあなたのそうした行動が、私に何の関係があるでしょう。私にはどうでもいいことです。

嫉妬《しっと》は不毛な感情です。私は後悔なんかしていません。私は私の望むところをしただけです。それがどんな結果になろうとも、後悔なんかしません。後悔は後ろ向きの感情です。

でも、もし仮に私がほんの少しばかり後悔したとしても、たとえそんなことが仮にあったとしても、あなたには私を軽蔑する権利などありはしないのです。あなたは男なのだから。

あなたは、女であるとは何か、御存知ですか。いや、決して知っていらっしゃいません。それは男に判ることではない。いや、判る必要などないことです。

男の人は自分の望むところを行う。それで終る。そして、それはそれでいいのです。女だって、望んでその中へ入って行くのですから。ただ、その結果は、私が負わなくてはならない。それでいいのです。それは男に関知させるべき事柄ではないのです。

でも、禁欲はいつも惨めで暗いのに、そして欲望を公然と認めて生きることは、夏の海に輝く太陽のように明るいはずだのに、その明るさの結末に、こうした屈辱を受けなければならないのは、一体何故なのでしょうか。結末は、いつも女が処理しなければならないのです。

処理——何と屈辱的な言葉でしょう。自分が処理される。あなたには判らない。男の人には判らない。あなたなんかに、きてもらいたくない。その責任の半ばを持ってもらいたいなどとは、少しも思っていないのです。律義に、費用の半分は出そうといい出しそうなあなたの顔を思い浮かべると、吐気がします。それとも、女には気持の負担があるから、金銭的負担は全部自分が持つとでも、おっしゃるでしょうか。

異様な手術台、光る器具、集中する照明灯、浮かび上る自分の身体。女がそうしたものを想像することがどんなことか。身体の内側の隅々までが、屈辱に熱してくるような恥の感覚。それをあなたに判らせてやりたい、味わわせてやりたい。女の子と、どこかの汚ないベッドに寝ころがって、いい気な汗を流しているあなたに、思いきり味わわせてやりたい。

でも、あなたはそんなことを思っている私のことなんか、少しも思い出しているわけではない。それでいい。それ以外の何を、私はあなたに望むでしょう。私はただあなたを可哀想に思うだけです。何処かの女の子をさも優しげに抱いているあなたを、上機嫌の時はいつもそうだったように、何か皮肉な冗談でも言って、一人で声を出して笑っているあなたを、そして、その腕の中で女の子が何を考えているかなんか、思ってもみようともせずにいるあなたを。

それをドイツ語では、彼女はよき希望で存在するって言うんだ――いつか、あなたはそう言って、さも可笑《おか》しそうに笑っていらしたことがありました。妊娠ってことを、そう表わすんだ、男女の行為が何かの間違いから不幸にしてある結果を持つに至ったことをね。そう言って、あなたは笑いました。

私も、その時は一緒に笑いました。ひどく滑稽だったのです。でも、あの時、私はもう「よき希望で存在して」いたのです。あなたはいつも、惨めなほど慎重だったから、「よき希望」が私たちの間に入り込めたのは、野尻と小諸のあの最初の二度だけだったはずです。

でも、それにしても、「よき希望で存在する」とは、何と滑稽な、でも何と人の心をそそるような表現でしょう。自分の今の状態をこの言葉で考えると、そのあまりに滑稽な対比に思わず自分を嘲笑《あざわら》ってしまうのですが、そのくせ、この言葉は何か妙に人にまつわりついてくるのです。それは、英語の非事実のサブジャンクティブ風に言えば、私がその表現にいくらかの憧れと郷愁を感じているかの如くであるのです。

あなたは笑うでしょう。でも、あなたに笑う権利などありはしない。男にそんな権利などありはしない。それに、これはただ、少し利き出してきた睡眠薬のせいなのです。睡眠薬を飲んだ時位は、夢みることも許されるはずです。こうしていると、私の身体は次第に軽くなり、知らない世界に運ばれて行くようです。ほら、ウェディング・マーチがきこえてきます。

ほら、見てごらんなさい。みんなが祝福しています。私は白いウェディング・ドレスにつつまれ、優しい人に手をとられて、前へ進みます。みなの祝福の中で、私の中に新しい生命が芽生え、育ちます。それは次第に私の中でふくらみ、一人前になり、私を内側からけって自分の存在を知らせます。私が一人ではないことを力強く告げ知らせます。

父と母が、微笑みながら、私を見守っています。

ああ、可哀想なお母さん。自分の娘の婚礼をみられないなんて。娘の婚礼の代りに、娘の葬礼をみなければならないなんて。お母さん、あなたは泣くでしょうね。また、いつもみたいに愚痴っぽくかきくどくでしょうね。優子、早く帰ってくるんだよ。優子、女の子の癖に暗くなっても帰ってこないなんて。優子、世間はおそろしいんだよ。優子、男の人と手紙のやりとりするなんて。優子、お前は嫁入り前の身体なんだよ。優子、もし何かあったら、どうするんだい。優子、男ってものはね……。優子、もしお前の身体に何かあったら、母さんはもう生きては……。優子、もしお前が……。優子、もしやお前は……。優子、優子、優子……。

でも、お母さん。もう何もかも許してあげます。私のことも、みんな許して下さいね。もう、みんな忘れましょう。段々にとても睡《ねむ》く、とてもかったるくなって行きます。でも、まだ眠りはしません。今は睡眠薬を飲んで少しばかりセンチになっているけど、でも、私は自分のしたことを、少しも後悔なんかしていない。生まれ代ってきたって、もう一度、同じ一生を送ります。

この手紙は、速達で出せば、まだ今日中にあなたの手に届くでしょう。あなたはこれをみて、ここに来るだろうか。別に来てほしいわけではない。こうして校門のみえる窓際にいるのも、ただ涼しいからです。さっきはあなたに似た人が通って行ったけど、それはただの偶然です。

気温が下がってきたのでしょうか。少し寒気がします。

でも、あなたにこれを出すのは、ちょっとした賭をしているのです。あなたが今晩これをみて、ここに来れば、睡眠薬で眠っている私を発見し、あなたはぎくっとする。あなたは睡眠薬の空箱の数をかぞえる。あなたは狼狽し、救急車が呼ばれ、私は洗滌《せんじょう》され、なお一週間を眠りつづけ、眼をさますと、ベッドのそばには、意外な事件に眼を血走らせ、頬のげっそりこけたあなたが不安げに坐っている。その眠ることもできない一週間が、あなたの報いなのです。

けれども、そんなことは起きっこない。あなたは何処かの安手な女の子と、深夜喫茶の汚れたシートか、安宿のしめっぽい蒲団の上で、いい気な口説きをやっているのに違いない。そして、その間、私の手紙はあなたの下宿の茶だんすの上にでもほうり出され、子供たちがばたばた駈けまわって、古ぼけた畳からまい上げる埃りが、その上にうっすらと積る。それは何と薄よごれた賭。でも、それが私に、ふさわしいのです。

言いたいことは、まだまだ沢山あるようなのに、書くことが急にもう面倒臭くなりました。何もかも、もうお終《しま》い。睡眠薬は、沢山ぼりぼり食べていると、お菓子のように甘くなるっていうけど、本当かしら。でも、水はあった方がいいのでしょうね。いえ、水を飲むのなら、代りに牛乳になさいって、お母さんがいつも言っているわ。

でも、もう、さようなら。

文夫さま

優子

（「優子の手紙」終）

私が病院についた時には、既に四、五人の友だちが集まっていた。白布をのけると、生命を失った優子の顔は、蒼《あお》く大きくその空間を占有していた。それは生命の流動性を失い、にわかに物体としての堅固さ、動かしがたさを主張しているかのようであった。それは非人間的な無気味な物体として見るものに迫った。赤く眼を泣きはらした寮の同室の女子学生は、その雰囲気に堪えきれぬように、小走りに病室の外へ走り出た。やがて、低くむせび泣く声が、扉を通して部屋の中へも伝わってきた。

私たちは蒸暑い病院の中庭の日蔭で、優子の両親の上京を待った。みなよくしゃべった。それは、殆ど快活とさえみえた。私は彼らを憎んだ。

私は、彼らが優子の死を充分悼《いた》まなかったことを憎んだのではない。彼らは充分悼んでいた。だが、それにもかかわらず、いや、おそらくは、自分たちが友人である優子の死を悼まぬ訳はないと素直に信じられればこそ、彼らは、自分が今人生の大事とかかわりあっているのだという意識に興奮し、無意識のうちに快活にさえなっていたのだ。そして私は、彼らのそうした快活さを憎んだ。

その憎しみが何を意味しているのか、その時の私はまだ知らなかった。ただ無意識のうちに彼らの無邪気さ、快活さを憎み、殆ど陽気にさえしゃべりつづけるみなの前で、一人その場にもっともふさわしく沈み、黙り込み、暗い表情をありありと顔に浮かべていた。そして、優子の死が私に襲いかかるのに対して身構えた。

そうだ。その時、私は全力をもって身構えた。私は、大学入学以来の私の空虚さについて語った。だが、当時、私はそれを私自身の空虚さと考えるより、ただ一時的な充たされなさと考えたがっていた。そして、胸のふくらみ出した少女たちが、いつか訪れるだろう王子の姿を夢みるように、私は心の何処かで、まだ、やがては甦えるだろう充実した栄光の生活を夢みていた。そこで自分が再び全身的な情熱に充たされることを夢みていた。

そして、優子の死を知り、その速達を読み終えた時——不謹慎な言い方は許してもらおう——私の胸は期待でふるえた。私は、私の心が激しい悔恨と自己嫌悪と罪の意識に充たされ、それとの闘いに私の全力が消耗しつくす輝かしい栄光の日々の復活を予感した。私は闘うべく身構えた。私は久し振りに自己の充実を感じた。

埋葬のための諸儀式は、死者のためではなく、生者たちのためだ。それの続く間は、残された人々は、死んで行ったものがまだ自分たち生の世界と関わっていると意識しつづけることができる。死の意味は、まだ本当には現れてこない。

やがて儀式も全て終り、集まった人々がばらばらに散って行った時、残された人々は突然気づく、今まで存在していたものが何の条理もなくもう無く、そして永久に無いのだということに。人々はその決定的な空虚さに、口を閉じ、魚のように暮すほか、なすすべを知らない。

だが、人は所詮魚ではない。彼は再び口を開き、冗談口を叩き、軽薄に笑いふざけはじめる。そして、俺にとって本当におそろしいのは、その時だ。

そうした日常性の帰ってくる時こそ、俺にとっておそろしい時間の始まりだ。そう、私は考え、身構えた。人々が、死という事実のもたらす一般的衝撃から癒《い》え、次第に優子のことも忘れて行く時、その時、果しなく拡がる広漠とした日常の中に、優子を死なせた俺の闘いがはじまる。身を切るような悔恨。夜も昼も、暗くうちへうちへととぐろをまく自己嫌悪。道行く人の視線にさえ眼をそらし、顔をうつむける罪の意識。そして、その中に再び生きる道を発見しようとする俺の闘い。

優子の埋葬の数日後、私は友人たちと別れて帰郷した。そして、その夏を、故郷の町の近くにある海岸の村に一人で過ごした。私が借りた知合いの家の離れは、小さな断崖の上にあり、そこの東側には岩の多い白い砂浜が拡がっていた。海水浴には適していないのだろう。夏の滞在客はごくわずかで、ただ太陽ばかりが、岩と砂浜に空しく輝いていた。

そこで私は待っていた。優子の死が、私の中へ激しい衝撃となって拡がることを。そして、それとの闘いに、再び充実した栄光の生活が甦えることを。私は人気のない砂浜に身を灼《や》きながら、その期待に胸をふるわせた。

だが、それはなかなかやってこなかった。真夏の中を日々は空しく過ぎて行った。いつか私の中に、私は優子の死を悼むことができないのではないかという、かすかな疑惑が芽生えた。それはかすかな疑惑だった。だが、その疑惑に気づいた時、私の中に急に、あの病院の中庭で自分が感じていた他の友人たちの無邪気な快活さへの憎悪の記憶が浮かび上ってきた。そうなのかも知れない、と私は感じた。あれは、優子の死を悼みえぬ自分を本能的に予知していた私の嫉妬だったのかも知れない。自分たちが優子の死を悼んでいることを素直に信じている友人たちの無邪気さへの嫉妬だったかも知れない。あの日の私の暗い表情は、優子の死を悼みえぬ自分を押し隠すためのよそおいであったのかも知れない。そう、私は気がついた。そして、一度気がつくと、私はもうそれを忘れることができなかった。そしてある日、私は華やいだ色どりの水着に身を包んだ都会の娘と知り合い、青い海と輝く太陽の中を共に泳ぎ、白い光に照り映えるけわしい岩々の蔭で、その娘を抱いた。陸伝いに砂浜に戻った時、海と砂浜は白昼の光の下に色を失って白々と果しなく拡がり、私は自分の中に決して悔恨が訪れないだろうこと、私の中で自己嫌悪が、罪の意識が、そしてそれとの闘いが、充実した生活が、波打ち甦えることは、決してないだろうこと、自分の空虚さは一時的、状況的なものではなく、自分と空虚は同義であることを知った。

（「白い海の記憶」終）

その夜更け、私が長い記憶を語り終えた時、節子は炬燵に顔を埋めたまま、身動きもしなかった。そして、ただ、

「それで？」

と言った。

「えっ」

私がききかえすと、

「それで、あきらめたの？」

節子の声は、炬燵の蒲団を通して、低くこもって響いた。私は立ち上って、窓のカーテンの隙間から空をみた。殆ど永遠と言ってよい遠い昔に発せられた星の光が、宇宙の数十万光年の距離を渡って、この地上に降るように訪れていた。

私は簡単にあきらめるたちではなかった。だが、その白々しい光に充ちた夏の意味、その空白の衝撃は、決定的であった。

その夏が過ぎ、やがて秋が訪れて、再び上京した私は、進学学科志望決定に迫られたが、私には何も選び、決定することができなかった。私は全ての手掛りを失っていた。決定期限は過ぎ、私は留年ときまった。

留年した駒場の三年目、そして翌年本郷の英文科に進学してからの二年、私にとって、その夏の自分の内的空白をあらわにした事件を偶然の出来事、あるいは一時的現象とみなすことは不可能だった。だが、それでもなお、私はあえてそれを、無視できるとは言わないにせよ、自分の克己によって充たしうる空白だとみなし、充実した生活は望むべくもないにせよ、せめて実質のある生活をきずこうと努力した。私は自分に外的規制を課すことによって、自分を支えようとした。私は毎日の講義に着実に出席し、厳格な計画に従って読書し、日毎に変る娘たちとのつき合いからは身を引いて、堅実な結婚の相手を探そうと努めた。しかし、学問に対して真面目になればなる程、私の勉強は内的実質を持たない思考訓練といった傾きを持って行ったし、また、自分が望んでいるのはこういう相手との堅実な生活なのだと私自身殆ど信じてしまいそうな、明るい、神経質でない眼としっかりした腰をもった娘たちは、私が決して本心からそうした生活を信じているのではないことを本能的に感じ取るかのように、殆ど身を避けるようにして私から離れて行った。そして、そうしたことに気づく時、いつも私の心をあの夏の光に充ちた白々しい風景が通り過ぎて行った。それは決定的であった。如何なる克己も私の空虚さを埋めはしないこと、空虚さを空虚さとしてそのままにしておく他はないことを私は知った。そして私は節子と婚約した。

振りむくと、節子は顔を上げて、こちらを見ていた。その頬は涙に濡れて、電灯の光に光っていた。節子は淋しそうに、

「私、帰るわ。送って下さるわね」

と言った。

第五の章

私の修士論文の期限は迫っていた。私は、仕上げの一のみ一のみに全神経を集中させる彫師のように、論文の細部の仕上げに身を打ち込んだ。私が古い記憶を語ったあの夜以来、節子との定期的な行き来も暫く途絶えた。その間、節子は会社から一、二度電話を呉れた。節子の声は優しく、こだわりがなかった。そして、二週間以上が過ぎ、締切の十二月二十五日がやって来て、論文は終った。その翌日、節子は約束通り休みをとって午後から私の下宿にきた。

私は殆ど半徹夜に近かった最後の一週間の疲れに、節子がきた時も、まだ寝床の中でぼんやりしていた。私は顔だけ洗うと、また蒲団に腹ばいになって、節子の買ってきた鮨《すし》をつまんだ。

「あとは三月を待つだけね」

節子は穏やかに言った。私たちの結婚式は三月三日に決まっていた。

「和子さんたちも同じ頃らしいわ」

「決まったのかい」

「昨日、和子さんのアパートに行ったのよ」

「F先生はどうした」

「それがねえ」

節子は言い淀んだ。

「おそろしいわね、生きてるって」

穏やかだった節子の表情が、少し曇った。私の吐く煙草の煙が、私たちの間に薄いもやのように淀み、漂った。節子は次の話を私に語った。

和子とF

十二月半ばのある日、都心のレストランDの一室で、横川和子と宮下との婚約は正式にととのった。同席したのは、和子の親代りのFと、宮下の親代りのIの二人の初老の教授であった。ビールがくみかわされ、食事が終ったあと、Fは物わかりよい年長者らしく、宮下に和子を送るように言い、自分はIを誘って先に帰って行った。

宮下は和子を静かな明るい喫茶店へ連れて行き、自分の学者としての行手を語ってみせた。和子は、Iと連れ立って帰って行ったFの後ろ姿を思い浮かべながら、その少し退屈な話に耳を傾けた。Fは、どんなに惨めな形であったにせよ、自分の青春というものであった――そうした思いが、彼が去って行った今、和子の胸に灼きついた。が、それは終ったのだ。これからは、長い、少し退屈だが、大した危険もない生活が、自分の前を流れて行くだろう。和子のそばを、宮下の言葉が過ぎつづけていた。和子は、その青年の顔をみた。生きることの空しさ、それを知っても、知らないでも、その中で生きるしかない空しさが、和子の胸をついた。そして、その時はじめて、和子は、その青年もまたその空しさの中で生きていることに気づいたのだった。

宮下は和子を送ってきた。彼はアパートの少し手前の暗闇で和子の肩にぎこちなく手をかけると、不器用によろけるように身体を寄せ、上半身をかぶせてきた。和子は生まれてはじめて、男の唇を受けながら、これでよかったのだと自分に言った。Fが何度和子のアパートを訪れても、こうしたことは起きなかった。それは私たちの間柄がこうしたことを必要としない位確かなものだったからなのだと、和子は思った。

宮下はアパートの入口で帰った。和子が部屋で寝衣に着がえ、蒲団に入った時、突然、部屋のベルが乱れて、短く鳴った。和子は胸がにわかに高鳴るのをきいた。それは、乱れてはいたが、Fの鳴らし方だった。和子は身を起こしかけた。その時、急に理由のない恐怖が和子を襲った。ベルがまた鳴った。和子は蒲団の中で身をちぢめて耳をおおった。それは、いくつかの日々といくつかの夜々、和子が不安な胸を抱きながら、待ち尽したベルの音だった。そして、今も、和子の胸はかつての日々と同じように高鳴っていた。ベルは更に、短く三度鳴り、和子は堪えきれずに、ドアの鍵を開けた。そこには、酔って年老いたFが立っていた。

黄色っぽい電灯の光の下で横坐りになったFの姿に、和子ははじめて老醜というものの影をみた。

「どうなすったんですか、先生」

「君に会いたくなったんだ、もう一度」

和子は寝衣姿の自分の身体がFの視線にさらされているのを感じた。

「君は幸福になるだろう」

「幸福になるために結婚するのでしょうか」

「いや、それでも君は幸福になるだろう。それでいい。それを望んだのは、誰よりも私だったはずだ。だが」

Fは急に自分を嘲笑うように言った。

「だが、結婚の幸福とは、体裁よく言ったものだ。若い女は好いてない男と結婚しても、急に女らしく幸福そうになるのだ。私はそれをみてきた。それなのに、私は何故……」

Fは言い淀んだ。Fの眼差しは急に優しく和子の身体をみつめた。

「和子。お前は覚えているかい、あの初夏の研究室に、お前がはじめて私に本を借りにきた時のことを。私はお前を見送って、細い足をした女の子だと思った。私はこの子を見守ってやらなければならないと思えたのだ。そして、やがてお前が卒業して、私たちの間柄が個人的なものになるまで、そして、そうなってからも、私はいつもお前を大事にしてきた。かすり傷一つつけまいとしてきた。自分の欲望でお前を傷つけまい。お前を私と会った時のお前のままにしておきたいと思ってきた」

「そんなこと、できることではありませんでしたわ」

和子はなじるように言った。

「あれほど人を想って、変らないことがあるでしょうか。私は変りました。先生にはそれがお判りにならなかったのでしょうか」

Fは和子をみつめた。彼はにわかに激してうめくような声を上げると、駄々っ子のように頭をかかえて蒲団にころがった。

「ああ、そうなのだ。私は一体何ということをしていたのだ。私は臆病《おくびよう》だったのだ。私は何故お前を抱かなかったのか。抱いて、一体何が変ったというのだ。和子。私はいつもお前のことを考えていた。家で妻のそばに横たわる時、いつも、まだ見たことのないお前の姿を、お前の表情を考えていたのだ。和子」

Ｆは両手で坐っている和子の膝にすがるようにして和子を見た。

「和子。あと三月もすれば、お前はあの青年のものになる。お前のこの唇が、彼の唇でふさがれる。お前のこの身体に彼の身体が寄りそい、お前のこの身体は彼に開かれる。お前の表情は彼の手に、彼の身体に応える。一体、そんなことがあっていいのだろうか。あの細い足をした少女であるお前が、身体を開き、彼に応える。そんなことがあっていいのだろうか」

和子はＦを押し返すようにして身を引くと、膝をそろえて、ぴちっと坐った。

「先生、もう、おっしゃらないで下さい。私は、先生がそうおっしゃりさえすれば、何でもさし上げるつもりでした。私は先生のものでした。本当に身も心も先生のものでした。どうにもならない位先生のものでした。手が、唇が、身体が、触れ合おうと触れ合うまいと、もう、あれ以上少しでも余計に先生のものになれない位、私は先生のものでした。これから先、私が誰に肌を許そうとも、それが何でしょう。先生。これでよかった、よかったのだと一言おっしゃって下さい。ね、先生。これでよかったのですわね、先生、私への贈物だと思って、そうおっしゃって下さい」

「よかったと言えと言うのか。だけど、どうすればいいんだ。私はお前を好きなんだ。好きなんだよ。どうすればいいんだ」

泣くようにそう言ったFは急に何かに気がついたように口をつぐんで、和子の顔をみつめた。殺意に似たものが彼の顔に拡がった。Fの骨ばった手が和子の肩をつかみ、引きよせた。その手の意外に狂暴な力を感じた時、和子の張りつめた気持は崩れた。意志を失ったように倒れ、横たわる和子の上を、殺戮《さつりく》が通って行った。その間中、和子は、痛みに似た激しい感覚に小さく叫びつづける自分を、そこだけひどく冷え切った頭の片隅で鋭く感じつづけた。夜半、老いたFはよろめくようにアパートの階段を降りて行った。横川和子は、階段の上に立ち尽したまま、その後姿をみつめていた。

（「和子とF」終）

語り終えた節子の顔は、ひどく暗かった。

「生きてるって、一体何なんでしょう」

節子は言った。

「横川さんは泣きながらその話をしたのに、何故かそれを誇っているようなところがあったわ。『私、幸福になんか、なりはしない。人間は、幸福になるために生きているのではない。ね、そうよね。生きてることに比べたら、幸福かどうかなんか、とるにたらないことよね』

横川さんは、そう言って、泣きながら私の肩をゆさぶったわ」

「かわいそうだね」

私は言った。

「どう生きても、人の生きる年月など、たかが知れてるのに」

「たかが知れているから、幸福などは求めまいって、横川さんは思っているのかも知れなくてよ」

節子は苛立ったように言った。

「それは、横川さんはかわいそうだわ。でもね、横川さんの話すのをきいてて、何故か、私、ふと自分が惨めに思えたの。ことによったら、幸福など求めまいって思える横川さんは、一番幸福なのかも知れないって。かわいそうなのは、私たちかも知れないわ」

節子はそう言うと、顔を上げて、私を見た。が、すぐ顔をそらして、小さな声で言った。

「そんなこと、言っても、しょうがないわね」

そして、急に気を変えたように、明るく、殆どはしゃぐように言った。

「ねえ、もう起きなさいよ。街に出ましょう。そして、映画でも見て、暮の盛り場を歩きましょうよ。二日遅れのクリスマス・イブよ」

その夜、私たちは充分に幸福なはずであった。節子が選んだ映画はアメリカの青春喜劇だった。それは全く二人で見るにふさわしく明るく、節子は陽気に自分の肩を私の肩にこすりつけながら、笑った。

が、節子は途中から急に笑うのをやめてしまった。顔をのぞき込むと、つまらなそうな白けた表情で、何でもないと首を振った。そして、まだ映画が終らぬうちに、

「ねえ、出ましょうよ。おなかが空いたわ」

と囁いた。

半地下室になったレストランは、暖かく居心地がよかった。窓ぎわの席に腰をおろすと、レースのカーテンのかかった厚い窓ガラスとその向うの小さな植込みを通して、道行く人々の単調なざわめきが、海の底にいるかのように伝わってきた。

だが、節子はここでもくつろがぬ様子であった。食後のコーヒーまで、私たちは殆ど口をきかなかった。節子は手から取り落したように大きな音を立てて、コーヒー茶碗を受皿においた。それは普段の節子にはないことだった。私が節子の手元をみると、その

手が震えているようだった。

「出ましょうよ。少し歩きたいわ」

節子はそう言って、何かにせきたてられるかのように立ち上がった。

外は少し雪になっていた。色とりどりのネオンが、ちらつく雪に映えながら、華やかに点滅していた。節子はその中を私の腕をひっぱるようにして、あちらこちらに連れ歩いた。遊戯場からは、球の流れ出るけたたましいベルと騒音にまじって、ジングルベルが響き、その隣りからは何番、何番と苛立たしく叫ぶスピーカーの声が路上に流れた。着かざった娘たちの間を、酔った男があちこちとよろけて歩き、私たちにも、すれ違いざまに奇声を上げて、酒臭い息を吹きかけて行った。節子は、そうした盛り場の何処にも居たたまれないかの如く不安げに歩きまわった。そして、いつの間にか、少し灯火のまばらなはずれまで来ると、急に立ち止まり、私のオーバーに顔を埋めて、

「ああ、ああ」

と、泣くように私をゆさぶった。

「どうしたんだ」

節子はそう言う私に答えもせず、なお私をゆさぶり、両手でこぶしをつくって私をぶった。

突然、節子は顔を上げると、急に思いついたように言った。

「ね、ホテルに連れて行って、今すぐ」

「ばか！　ぼくのところに帰ろう。泊ってお行き」

「いや！」

節子は短く、はねかえすように言った。

「今すぐでなけりゃ、いや。あなたの匂いのしみ込んでいるものなんて、いや。気兼ねするのなんて、いや」

大通りから数歩引き下がっているような路地に面したそのホテルの玄関は、暗く黄昏《たそがれ》のように照明されていた。玄関を上がるとすぐの所に、ロビー風の小さな空間があり、女中はそこのガスストーブの前のソファーに私たちを待たせて、去って行った。そして、殆どそれと入れ代りに、若い男女が奥の廊下から出てきて、そのロビーの横を通って行ったが、その女の白いふっくらした横顔を見た時、私はおやっと思った。それは研究室の事務をしている福原京子に似ていた。あの女子大出のまだ本当に子供っぽく見える福原京子に似ていた。いや、福原京子その人であるとみえた。私は思わず、よく見極めようとして、その姿を眼で追った。だが、その女は、私たちの方をちょっとのぞき込むようにしてみただけで、すぐ視線をはずし、男に寄りそって、玄関へ出て行ってしまった。

女中はすぐ戻ってきて、私たちを部屋に案内した。

女中はお茶とお菓子を置くと、黙ってお辞儀をして、去って行った。私は立って、鍵をおろした。節子は片隅においてあるソファーに、半ば中腰になって、前に乗り出すような姿勢で腰掛けていた。

部屋は暖かく、清潔で、落ち着いていた。床にはくすんだ赤の絨毯《じゅうたん》が敷かれ、木のベッドにかけられたカバーも同系色の花模様でかざられていた。カーテンのかかった窓の向うは植込みらしく、その外を通って行く自動車のきしみが、遠くからのように聞こえた。電灯はやや暗く、やわらかい光を投げていた。ベッドカバーを少しめくってみると、その下は、きちんとベッドがつくられてあった。

私はカバーを直して、節子の方を向いた。節子は不安そうに私の方をみていた。

「暖かいね」

節子は答える代りに立ち上って、私の方に寄ってきた。節子の肩は寒そうにふるえていた。

「さあ、少し体を暖めて、帰ろう」

私は節子をベッドに坐らせると、オーバーをとってきて、節子の肩にかけた。節子はそれでもまだふるえていたが、急にそれをうるさげに肩からふるい落した。

「いやよ、そんなの。そんなの、いや」

節子は小さく叫び、苛立たしげに私に身体をおしつけて、自分から私の唇を求めた。それは、節子に私がはじめてみる烈しさであった。

接吻のあと、節子は手をのばして電灯を消した。節子は上衣をとると、うながすように私をみた。

嵐は激しく襲ってきた。その夜、節子は、私に未知の節子となった。

やがて、時折戻ってくる長いうねりも、段々間遠になり、節子は、今はもう、ただ静かに深く息をしながら、私の横に横たわっていた。

そして、何分が過ぎただろうか。裸の肩を少しみせたまま、まだ身じろぎもせず横たわっていた節子の閉じたまつげの間から、涙が盛り上り、溢れて、耳の方へと伝わって行った。

「早く結婚しよう」

私は首をねじって、節子の耳に囁くように言った。そう言った時、私は節子の涙に、何と傲慢な思い違いをしていたことだろう。私は、私たちの抱擁の中で、節子に安らぎが戻ってきたと思ってしまっていたのだった。

「ええ」

節子はうなずいたが、それはひどく力なげにかすれて、殆ど声にならなかった。私は、はっとし、はじめて上半身を起こして、節子の顔をのぞき込んだ。節子の顔にあったのは、安らかさではなく、淋しさ、何ともいえぬ淋しさだった。節子は静かに嗚咽《おえつ》した。かすかな声が節子の唇を震わし、また新しい涙が左右の眼尻からこぼれて、流れた。

その帰り、節子は沈み勝ちで、殆ど口をきかなかった。それは静かに、心の底の薄明に沈潜しているかのようであった。

国電のT駅で、私は節子に、

「どうする」

と言った。

「ぼくの所に泊ってお行きよ」

「ううん」

節子はゆっくりかぶりを振った。

「やっぱり帰るわ」

私はうなずいて、節子を送るために社線の方へ歩き出そうとした。が、節子は私の前にまわると、私の両腕をそっと摑んで、頼むように言った。

「ね、一人で帰らせて」

私は節子をみた。節子は心もとなげに、しかし穏やかにみえた。私は、別れる時の習慣で、節子の肩に手をかけると、言った。

「それじゃ、気をつけて」

節子は眼だけでうなずくと、向きをかえ、雑踏の中へ歩いて行った。それは殆ど意志がなく、そこに吸い込まれて行くようであった。私は国電のホームへ上がった。

線路数本離れた社線のホームの屋根には、白く薄雪がつもっていた。少し烈しくなった雪のちらついている向うに、そこのホームの人の行きかいが、ぼんやりみえていた。が、すぐ、内まわりの国電がホームに入ってきて、社線のホームはみえなくなった。オーバーを着た乗客が夜更けのホームにどやどやと降り、ホームに待っていた乗客たちが乗り、そして電車は出て行った。私の乗る外まわりの国電はまだこなかった。社線のホームでは、丁度下りの電車が入ったところで、その運転台の付近に、何か人だかりがしているようだった。懐中電灯を持ってホームを駈ける駅員が、小さく人形のようにみえ、それが線路に飛び降りて、暗いレールの上を照らしていた。やがて、外まわりの国電が来、私はそれに乗って下宿へ戻った。

蒲団に炬燵を入れて、もぐり込み、少しうとうとしかけた時だった、おそらく、もう十二時を過ぎていたと思う。私は電話に起こされた。

「文夫さん、帰っていたの。節子が大変よ！」

いきなり、そう叫んだのは、佐伯の叔母だった。

節子はT駅のホームから落ちたという。あのT駅の社線の事故は、節子だったのだ。

節子は重傷だと、叔母は言った。私は漸く病院の名を聞きとって、電話を切ると、さっき脱いだばかりの服を着込み、オーバーをはおって、階段を駈け降りた。玄関の戸を開けて、外へ飛び出した時、電気を消し忘れたなという考えが、頭をかすめた。

もう車もまばらになった夜の街道を疾走するタクシーの中で、私の心は、節子、死んではいけない、節子、死んでは駄目だぞ、と叫びつづけていた。びっこになってもいい、片脚なくしてもいい、半身不随になってもいい、一生動けなくてもいい、ただ死んではいけない、生きていてくれ、何としてでも生きていてくれと、私は思いつづけた。

それは、私自身思いがけない感情の嵐だった。私はその時はじめて、節子を心から大切に思った。今となっては、節子がどんなに自分にとって掛け替えのないものとなってしまっているかということが、堅い棒のように私の心を打った。二年の年月を共に過ごし、そして人に言うことのなかったあの夏の記憶も話した今、その節子を失うということは、それらの日々を自分が生きたという実質の全てを失うことと思えた。私の脳裏で、私と共にあった日々と夜々の幾十もの節子の顔と姿が重なり合い、そして、それは数時間前の私に未知であった節子の姿、おそらく節子と私の間柄の全て、その淋しさも辛さも快楽もそこに集約されていたであろうあの節子の姿となって、更に私の心に食い入った。

生きていてくれ。

私は殆ど祈るように、それを願った。

節子の命が助かったのは、奇蹟と言ってもよい偶然であった。あと十メートル、ホームの後部で落ちていたならば、望みは全くなかった。また、オーバーが電車の前部にひっかからなかったら、節子の身体は引きずられるだけではなく、車輪に巻き込まれ、少なくとも両脚切断、おそらくは出血多量の死を免れなかったろう。

あれは自殺しようとしたのではないかと、運転士は言った。あの人は、ホームの奥の方から、ふらふらと出てきて、そのまま宙を歩くようにホームの外へ踏み出して、落ちた。それは、ぼんやりしていたというよりは、自分が何をしているか知っていながら、それを止める気がないようにみえた。——が、意識を回復した節子は、そんなことはない、ただ疲れて、ぼんやりしただけだ、と言った。

節子の傷は、勿論決して軽くはなかった。左大腿部他一カ所の骨折、捻挫《ねんざ》数カ所、全身打撲で、約二カ月の入院が必要であり、退院後も、左脚と右腕の幾分の不自由は避けられないだろうとの診断であった。しかし、節子が入院していたその二カ月の間は、私たちが婚約して以来、もっとも平和な時期であった。

いや、そうではない。平和と言えば、私たちの間柄は、あの古本屋の片隅で私がH全集の一冊を手にとった晩秋の日からの二、三カ月、いくつかの事件が私たちの前に姿を現し、それにつれていくつかの事件が私たちの心の中に生起したこの二、三カ月を除けば、いつも平和であった。ただ、その動揺の二、三カ月を通して、私たちはそれ以前は暗黙の了解に過ぎなかった自分たちの生活の仕方を、互いにはっきりと見せ、説明することができた。だから、節子と過ごした病院での日々は、かつてのそうした平和な日々が、再び、そして自覚的に訪れたこと、そしてそれは永遠に死に至るまで続くだろうことを私たちに知らせたのだった。試煉《しれん》は去り、平和は甦えった。私たちは、己れにふさわしい生活を離れて、他に憧れいでるようなことはしなかった。私たちは、これからもいとしみ合い、なごみ合って暮すだろう。少なくとも、私は、そう信じて、その二カ月ばかりを暮した。

私はもう論文を仕上げ、就職も決まって、あと残った二、三科目の試験を受ければばい い気軽な身体だった。私は二日に一度は病院を訪れ、まだ動くことのできない節子のそばで過ごした。花やお菓子を買って行ったり、とりとめない雑談をしたり、また時には詩や、短い小説を節子のために読んだ。

思い出は　狩の角笛
風のなかで聲《こえ》は死にゆく

風のなかで、声は死にゆく——疲れた節子が眠ったあと、私はそのそばでとりとめなく本の頁をめくり、病院の外から訪れてくる物音に耳を澄ませて、時を過ごした。そうだ。思い出は、近い思い出も、遠い思い出も、みな私たちから離れて、死んで行くだろう。そして、残された私たちは、いとしみ合いながら、いつともなく老いて行き、やがて自らも死に果てるだろう。そして、私たちは幸福だろう。

三月の上旬に予定された私たちの結婚式は、節子の事故で秋に延期することになった。しかし私は、結婚をのばしたくなかった。年寄たちの満足するように、一まずごく内輪で式を挙げ、二人で私の任地のF県へ行けばよい。そして、親たちが望むなら、秋頃には、改めて披露の宴もしよう。肝心なことは、二人で暮すということなのだ。そう語る私に、節子は黙って、うなずいた。親たちも、節子の身体を気づかいながらも、結局同意した。節子は二月末に退院し、それと一緒に会社をやめた。私たちの結婚は三月二十五日と決まり、そのあと、すぐ、私たちはF県へ旅立つことになった。

私は久し振りに訪れた研究室で、福原京子と顔を合わせた。休みに入った午後の研究室は、助手たちも外出して、私と京子の二人だけだった。

京子は私の顔をみると、少し顔を火照らせた。

「暫くいらっしゃんなかったのね」

「うん」

年が明けてから、京子に会うのは、これがはじめてだった。

「いらしたら、何て言おうかと思っていたのよ」

「何のこと」

「だって、暮に、あんなところでお会いしたでしょう」

京子は顔を赤くして、眼をそらして言った。

「やはり、君だったのかい。暗かったし、ちょっとみただけだったから、よく判らなかったんだよ」

「そう」

京子は、ちょっと黙ったが、また言った。

「判ったっていいの、それが私なんだから……。でも、軽蔑なさった？」

「ぼくも同じところにいたんだよ」

京子は何も言わなかった。暫くして、

「私と一緒だった人……」

京子はためらいながら、言った。

「……あの人、あの日にはじめて会ったのよ」

私は京子をみた。京子の表情には、もう先ほどの紅潮はなく、それはいつものように静かで、少し沈んでみえた。京子は顔を上げて言った。

「御結婚なさるんでしょう、もうすぐ」

「三月の末にするよ」

「いいわね」

京子は私の視線をさけるように、窓の外に眼をやった。それから、弁解するように言った。

「でも、しょっちゅうじゃないのよ。ほんのたま。年に、二、三度位。だって、ひどく寂しくって、寂しくって、どうにもならないことがあるものだから」

「何故、恋人をつくらないの」

私は、たずねた。

「その方が、安心できるだろうに」

「ほしいんだけど、できないの」

京子は答えた。

「私って、こわいのよ、男の人が。そのせいだと思うわ、恋人ができないの。その時限りの男の人って、単純な姿しているでしょう。でも、何度もつき合ってると、その人の後ろにある生活が判ってきてしまって、そうした生活を持った男の人って、ひどく複雑で、こわいわ。女の中で育ったせいかしら」

「お見合いをしなさいよ。それだって、こわいところはなくならないかも知れないけど、みないふりをすることはできるよ」

「そうね。そうなると思うわ。でも、お見合いをしても、それで寂しくなくなるかしら」

「お互いが寂しいんだって気がつけばね」

「侘《わ》びしいわね、そういうのって。でも、仕方がないのかも知れない」

京子は、その後半を、一人言のように言った。

それは三月も半ばに近い、ある晴れ上った日だった。まだ寒さは去らず、雨戸を開け放つと冷気が部屋一杯に流れ込んできたが、その冷たい大気の中には、かすかだが、もう疑うべくもなく春の香りがまじっていた。窓の外に拡がる緑のない黄色っぽい畑地も、どこか、しっとりした湿り気にうるおっているようにみえた。

また春がやってくる。若い人々は当てのない希望に胸をふくらまし、病んだものや老いた人々は、再びめぐりあえようとは思わなかったこの恵みの季節を、またむかえることができて、心の中に何へともない感謝の気持が拡がるのを感じる——、病院で、節子に読んでやった小説の一節が、私の心を漂った。また甦えった春。これから、何十回となく甦えるだろう春。それは少し退屈だった。が、それが幸福というものだ。

下で私を呼ぶ声がきこえた。行ってみると、電話だった。

「文夫さん？　私よ」

電話の声は節子だった。大きな駅の赤電話からかけているらしく、ざわめきに混じって、列車案内のアナウンスが遠くきこえた。

「何だい……」

「ううん。別に用事はないのだけど……」

「何処から、かけているのだい」

「うん……」

節子は言い淀んだ。電話の両側で、少し沈黙が続いた。

「あのね、ちょっと声がききたくなったから」

「今日、帰りに、こっちにお寄りよ、電話なんかより」

「ええ。でも……」

節子はまた言い淀んだ。そして、

「私、やはりお伺いできないわ」

そう、ひどく真面目そうな口調で言い、また口を閉じた。その沈黙の間を、列車の到着を告げるアナウンスの声がきこえてきた。

「ねえ、お元気なの。今、何していらっしゃったの。暫くして、急に、何か、お話しして」

節子は、殆ど切ないような声でそう言った。

「どうしたんだい」

いぶかしんだ私の声に、

「ううん。何でもないの」

節子はそう早口で言うと、ちょっと間をおいて、すぐ断ち切るように言った。

「じゃ、文夫さん。お丈夫でね。さようなら」

最後の「さようなら」という言葉を、投げ去るように言うと、私の返事をまたずに電話は切れた。そして、その日の夕方、私は節子から一通の分厚い速達を受け取った。

第六の章

節子の手紙

もう退院してから一月程たちました。去年の秋の佐野さんの遺書、それにうながされたような心の動揺、あなたとかわした忘れることのできないいくつかの会話、そして暮の私の事故。そうしたことも、過ぎてしまえば、たちまち過去のこととなってしまい、また、いつも通りの生活が始まるように思えてきます。四月からの、あなたとの平凡だが平和な生活。何故、私がそれに身をまかせてはいけないことがありましょう。あなたと婚約してからの私は、そういう生活を、ただやむをえず自分に課するものとして受け取ったばかりでなく、いつか、それに憧れ、時折は、あなたとの家庭にまるで少女のような想いをめぐらせてさえおりました。静かな秋の夕暮、枯れたむら葉の反射が黄色くさし込む書斎、そこで本に囲まれて机に向いつづけるあなた、遊びから帰ってくる子供たちのはしゃぐ声、暖かい電灯の色と台所を充たす煮炊きの湯気と匂い。あるいは夏の早朝、片言でむずかる寝起きの子供を片手に抱いて、露にぬれて開く朝顔の花を数えるあなた、きゅうりをもむ私の手にはねかえる水々しい弾力、ふりあおげば透明な青空に早くも輝いてそびえ立つ積乱雲。何故、私が、そういうもの全部を捨てて行かねばならないのでしょうか。

でも、もう判っています。それは判ってしまったことです。考えれば考えるほど、一日延ばせば延ばすほど、そうする他はないと、ぬきさしならずに判ってしまったのです。文夫さん。私はあなたから離れて行きます。あなたからも、東京からも別れて行きます。そうする他、何をどうしたらいいのか、私には一切判らないのです。

許して頂きたいのです。あなたとの婚約を、決しておろそかに考えていたのではありません。何故、私がそうしなければならないのか、判って頂きたいのです。でも、自分でもよく判らないことを、どうあなたに説明すればいいか。

けれども、それでもあなたは判って下さらなければいけない。あなたが判って下さらないのだったら、一体誰が判ってくれるでしょう。

あなたと婚約してから、もう殆ど二年です。でも、その間、あなたは一度も私の昔のことを、学生だった頃何を考え、何をしていたかということを、たずねては下さいませんでした。

　それは、私たちの婚約がそういうものだったのです。それはよく判っています。ですが、それでもやはり、たずねて頂きたかった。それをたずねて下さらなかったということは、私には淋しいことだったのです。それを、あなたはお判りになってはいらっしゃらなかったのでしょうか。大学を出、表面は大人のような顔をしていても、私はいつだって、あなたもよく御存知のはずの、あの泣き虫の節ちゃん、強情な節ちゃん、そのくせ嬉しがり屋の節ちゃんで、いつだって文夫ちゃんがこっちを向いてくれるのを待っていたのだということを、文夫さん、あなたは、お判りになってはいらっしゃらなかったのでしょうか。

　でも、文夫さん。あなたはあの頃の、まだ子供だった頃の私を思い出して下さるでしょうか。私は今だって節ちゃんなのだけれども、でもその私だって、もう、あれが自分だったとは殆ど信じられない位です。

　あの元気だった女の子。いつも何かに胸をときめかせ、生きていることが、とても大好きだった女の子。いつも、生きたい、生きたいと、それだけを願っていた女の子。それはもう、今となっては本当だとは思われない位です。あの頃の私は、夏の朝、学校へ急ぐ道でふと頬を吹いてすぎる微風、課外活動で遅くなった秋の夕方、夕日を浴びて立ついちょう並木の長い影、寒い正月の張りつめた大気をふるわせて聞こえる鳥の鳴声、そうしたものにふれるたびに、いつも心が一杯になって、訳もない歓びに叫び出したくなってしまうのでした。

でも、そんな昔の想い出にふけることに、どんな意味がありましょう。そうした記憶が鮮明に心に甦えるのは、それだけ今の生活が貧しい証拠ではないのでしょうか。

そうなのです。学生だった頃のことを、私があなたにお話ししたことがなかったのも、本当に、あなたがきいて下さらなかったためなのでしょうか、それとも、その頃のことが、今更語るに値いしない貧しいものであったためなのでしょうか。今、こうしてあなたにこの手紙を書き、あの頃の自分のことをお話ししようとしても、一体、何があったのか、何をお話しすればいいのか、迷ってしまうのです。

いいえ、何もなかったといえば、嘘になります。お話しすることはあるのです。ですが、それを筋道立てて話そうとすると、それはひどく空疎な、貧しい、話すに値いする内容など何もないことだったと思えてくるのです。そして、それでいながら、それは私の中に深く沈んでいて、まずそれからお話ししないでは、あなたと婚約した時無意識のうちに私をとらえていた諦めや、今また私をつかまえてあなたから引き離して行く心の動揺を、あなたに判って頂くことも、決してできまいと思われるのです。

あなたは、私が佐野さんから一冊の本を借りることになったある夜のことを、お話ししたことがあったのを、覚えていらっしゃいますか。そして佐野さんも遺書の中で、その夜、佐野さんから地下潜行の話をきいた私が、急に何か、眼の前にいる佐野さんではない他のことに、気をとられてしまったようにみえたと書いていたことも、覚えていらっしゃるでしょうか。

佐野さんの観察は当っていました。

私はあの日、渋谷である男の人を待っていたのです。いえ、ある男の人などと書く必要はありません。私が待っていたのは、駒場であなたと同じクラスで、その頃の歴研のキャップで、今は富士重の東京本社にいる野瀬さんです。けれども、あの日、二時間待っても、野瀬さんは来ませんでした。そして、漸くあきらめて乗った国電で佐野さんに会ったのです。

その時佐野さんは、駒場の学生党員が地下に潜ることを洩《も》らしました。もう日共の方針の転換期にあたっていた頃、新しく地下組織に加わるについては、佐野さんも少し触れていたように、複雑な内部の事情があったのでしょうが、それは党員でない私に判ることではありませんでした。ただ、私は、地下潜行の話をきいた時、殆ど反射的に「では、野瀬さんも」と思ってしまい、もうそれ以外のことは、眼の前にいる佐野さんのことさえ、一切考えられなくなってしまったのです。そういう態度が佐野さんに悪いということすら、気がつきませんでした。

私の心が自分でもそれと知らぬ間に野瀬さんにとらえられてしまっていたのは、一体、どういうきっかけからだったのでしょうか。私は今でも、駒場の本館の東南の隅にある歴研の小部屋を想い出します。あの人はいつもそこの窓際の席に腰をかけていました。そして、私には問題の所在すら判らない複雑な社会や政治の事柄を、あの少しつっかかるようなしゃべり方で明快に解きほぐし、それを眼の前の実践運動に結びつけて、あの明るい勝ち誇ったような笑い声をふりまきながら、精力的に動きまわるのでした。私はそうした彼に学ぼうとしました。私は研究会のテキストを手に、おずおずと駒場寮の歴研の部屋をたずね、あれやこれやと精一杯考えて、あの人にぶつかって行きました。やがて、時折は、あるいは人気のない駒場のグラウンドの草むらで、あるいは渋谷の喫茶店の片隅で、私たちは二人だけの時間を持つようにもなっていました。そしてそういう時、私はいつも彼のこの上ない忠実な生徒でした。

けれども、それはそれだけでした。それ以上のことを私は望まなかったというより、望むことを思いつきもしませんでした。野瀬さんを自分のものにできようとは思えもしませんでしたし、それに第一、私はあまりに野瀬さんの影響下にあったので、野瀬さんを失う瞬間まで、自分が恋していることにさえ、気づかなかったのです。

が、佐野さんが地下潜行の話を洩らした時、急に事態ははっきりしました。野瀬さんの姿が私の生活からなくなるのだろうかと思った瞬間、私の胸を、全く経験したことのない痛みが、比喩《ひゆ》ではない現実の感覚の痛みが、きっとしめつけました。その時、私は、自分が決して野瀬さんの思想と行動を尊敬しているだけではないことを知りました。私は自分が、議論する彼の熱した身振りを、のびのびとした明るい笑いを、ふとあおむいた時みせるあごから首への皮膚の若々しいつややかさを、そして、うなじからほほにひろがるまだ子供っぽい彼のうぶ毛を、つまり彼を愛してしまっていること、あの夏の朝の微風、秋の夕暮のいちょう並木の長い影、早春の暁け方の大気のふるえと同じように愛してしまっていることに、気づいたのでした。

ですが、そう知っても、私に何ができたでしょう。翌日、私は駒場寮に野瀬さんをたずねましたが、ただ、「昨日は何故いらっしゃらなかったの――」としか、言えませんでした。そして、野瀬さんは、「急に用事ができて――」としか、答えてくれませんでした。そして、それから一週間も経たぬうちに、野瀬さんは、私の前から姿を消して行きました。

それは辛い空虚な日々でした。喪失の感情が、こんなに烈しいものだということを、私ははじめて知りました。しかし、それは幸福な日々でした。

私は野瀬さんを自分のものにできると思ったわけではありません。野瀬さんは、私が自分の恋に気づく以前より今は更に、私から遠いもの、私の及ばぬものと思われました。けれども、それでいながら、私は幸福でした。

自分がその頃どうやって毎日を過ごしていたか、思い出そうとしても、具体的には何一つ思い出すことができません。それは不思議な位です。歴研の研究会に続けて出ていたことや、地域の学生のサークルの運営委員をしていたことを思い浮かべても、それは全く抽象的で、何の実感も伴いません。ただ、漠然とした熱っぽい幸福な気分だけが、そうした抽象的事実とは無関係であるかのように、甦えってくるのです。

しかし、そうした事実と、その熱っぽい気分とは、あの頃の私には、確かに一つのことと信じられていたのです。あの当時の学生サークルの中には、未来へ向って羽ばたく愛情というような言葉が、あえて使われるような雰囲気がありました。そして、おそらく私は、さすがに気恥しくて意識してはそう考えなかったにせよ、無意識のうちでは、ひそかにそういった言い廻しに自分をなぞらえ、あるいは、それに自分を近付けようと努力していたのです。

そうした生活の中で年が明け、春が来、やがて、あの夏が来ました。

あの重苦しい夏の状景は今も眼に浮かびます。その夏の日本共産党第六回全国協議会、いわゆる六全協で明らかにされた党中執による左翼冒険主義の批判と軍事方針の放棄が、学生党員やその周辺の学生たちに与えた衝撃がどんなものだったか――それは、佐野さんの消息を知らせたAさんの手紙にも、また佐野さんの遺書にも述べられてはいましたが、でも、どう説明しても、あの夏の一時期を、他の人たちに伝えることは、不可能だとさえ、思えてきます。それは、衝撃というような陽性のものではありませんでした。

私は六全協の内容を告げたアカハタを手に、五、六人の人たちと歴研の部屋で何時間も押し黙って過ごしたあの暑い明るい夏の午後を忘れることができません。それが、単に火焔びん闘争の誤りだとか、あるいは昨日まで党の破壊者だと言われていた人がそれを言った人と再び同じ壇上に並んで立ったというようなことだったら、事はずっと簡単でした。問題は、人間の集団である以上、当然そうした誤りや憎悪や権力欲や、その他人間に付随するあらゆるものが入り込む可能性がある党を、私たちが人民の党は誤りがない、人民の知恵の集まった党の判断は個々人の判断を越えて常に正しいと定言命題化して、信じた、あるいは信じようとした、その私たちの態度にあったのです。

私は歴研にいた学生党員たちを思い出します。ある時、何が問題になっていたのでしたか、一人の女子学生が、その可愛い声で、「党がそんなことするわけないわ――」と言いました。また別の時、ある党歴四年になるベテランの学生が、「党がそんなことをするだろうか——」と言いました。そして私たちはそういう時、そう言えない自分に後ろめたさを感じ、心の奥で感じる反撥の気持を、自分の小市民性なのではないかと、抑えつけるようにしていたのです。

従ってあの夏、党の無謬《むびゅう》性が私たちの前で崩れて行った時、私たちの中で同時に崩れて行ったものは、党への信頼であるよりも先に、理性をあえて抑えても党の無謬性を信じようとした私たちの自我だったのです。

いいえ、自我が崩れたと言っては、きれいごとに過ぎましょう。歴史の法則性とか、思考の階級性とかいう一見真実らしい粗雑な理論、というよりは、そうした理論の名を借りた大仰な理屈に脅《おびや》かされて、眼の前に存在する事実を健全な悟性で判断することをやめてしまった私たちには、自我と呼ばれていいものがあったと言えるでしょうか。その時、私たちにつきつけられたのは、私たちには自我が不在であること、私たちは空虚さそのものであるということでした。私たちには、衝撃を受けようにも、それを受ける自分が消滅してしまっていたのです。私たちは六全協の決定をどう受けとめるかは、何一つ考えられぬままに、ただ漠然とした重苦しい気分に包まれてその夏を送りました。

そうして夏は過ぎて行きました。大学を離れていた人たちも、次第に戻ってきました。

それと共に、混乱の中で起きた様々な噂も伝わってきました。聞くにたえない噂もありました。ある女子党員が、同志であったはずの何人かの男の学生党員たちによって、ならずものの群れにおそわれたかのようにもてあそばれ、辱しめられたという噂も聞きました。

やがて九月になり、秋の講義が始まった頃、私は友だちから、野瀬さんを駒場の構内でみかけたという話を聞きました。それを聞いた時、私は自分の胸が高鳴るのを感じました。

その重苦しい夏の間、私は一日として野瀬さんのことを考えずには過ごせませんでした。それは、もう、かつての明るい讃嘆の気持ではありえませんでしたが、それだけに深く私の心の中に入り込んでいました。何を判断する拠《よ》り所も失ったそのうつろな夏を、私がどうにか過ごせたのは、また野瀬さんと会えるという気持があればこそだったと思えます。そして、夏が深まり、秋が近づくにつれ、次々と大学を離れていた人々が戻ってきたのに、ただ野瀬さんからは連絡は勿論、一本の葉書すらないので、次第に不安と焦りの気持を抑えられなくなっていた時、私は友だちからその話を聞いたのです。私は、とうとうあの人は戻ってきたと思いました。

けれども、それから一週間しても、十日待っても、野瀬さんからは何の連絡もありませんでした。私は自分が野瀬さんからそれを要求できるとは思いませんでした。けれども、私は、野瀬さんがこの東京に戻っていながら、私に何の知らせもしないということは信じられませんでした。戻りさえすれば、すぐにも知らせがあるはずだと、ごく自然に信じていました。友だちからその話をきいて丁度二週間目の土曜日、私は堪え切れずに、駒場寮の歴研の部屋を訪ねました。

それは残暑の厳しい日でした。私は上草履にはきかえ、中寮の暗い狭い階段を昇ろうとした時です。ふと、上をみると、思いがけなく野瀬さんがそこに現れました。野瀬さんは階段を二、三段降りかけて私に気がつき、はっと息を呑むように立ち止まりました。渋谷の喫茶店で向い合ったそれからの数時間、私たちは何を話し合ったのでしょうか。

「君と会うのがこわかった」

そう野瀬さんは言いました。

「あの頃のぼくは何だったのだろうか——。今のぼくには、君にきかれても、何一つ判らない。今度の党の決定がどういう意味を持っているのか、何故党が間違ったのか、これからどうして行けばいいのか、何一つはっきり確信を持って言えることがない。——それに、近頃は、そういうことがぼくに判る必要があるのだろうかと思うようになった。そういうことはぼくには関係のないことかも知れない——。ぼくは、そうした複雑な問題が判ったことは、一度だってなかったんだ」

「そんなはずないわ」

私は懸命に昔の野瀬さんを探し求めようとしました。

「あなたは、私のきくことには、何だって答えて下さったわ。あなたは、それをいつだって、自分で考えて答えて下さったのだわ」

野瀬さんは視線をそらして、顔を伏せました。そして、否定するようにゆるく首を振りました。

「そうじゃないんだ。あの頃だって、ぼくには何一つ判っていなかった。ただみなの言っていることを、そのまままくりかえしていただけなんだ。自分だけが判らないと言うことはできなかった――」

暗い喫茶店の中で、はじけるようにトランペットが鳴り、白いワイシャツ姿の学生たちが数人、がやがやと話し合いながら、私たちの横を通って出て行きました。

おそらく、その時はじめて、私は野瀬さんを理解したのでした。野瀬さんが二十歳の青年であること、ある時は自分の利害を忘れ、全力を挙げて学生運動に打ち込むこともできれば、一方また場合によっては、女子党員を辱しめたあの学生党員たちと同じようにもなれるだろう二十歳の青年であること、私が十九歳の娘であるのと同じように二十歳の青年であることを理解したのでした。私は顔を伏せ、眼をそらせました。

やがて、音楽はゆるい古風な曲に変りました。そして、その中に向い合って坐りつづけながら、私は自分の中で野瀬さんへの気持が次第に醒《さ》めて行くのを淋しく感じていました。

それは、女らしくない気持の動きようかも知れません。が、私は野瀬さんに非難の気持を持ったのではないのです。いえ、あの時ほど、野瀬さんが私に身近かに思えたことはありませんでした。おそらく、あの時はじめて、私はあの人を恋人として愛することができたはずだったのでしょう。ただ、それでいながら、何故か、あの人への気持は急に醒めて行きました。それは悲しいことでした。それは、私のあの人への気持が、そういう質のものだったとしか、説明できないことでした。

その後、野瀬さんが手紙を呉れることは、もうありませんでした。私も書きませんでした。私はそれまで参加していた学外の活動はみなやめ、きれいに造園された女子大の構内に閉じ籠もりました。そこには、あの頃の駒場が持っていた一種荒れ果てた拡がり、あの雑駁《ざっぱく》さ、騒々しさ、あの無秩序さはなく、その代りに、よく守られた平穏な生活がありました。正門を入ると、シンメトリカルな秩序正しいフランス風庭園が拡がり、その周囲には、鐘楼のある堅固な本館が、庭園を外界から区切り保護するように建っています。その中で、私は学生生活の後半を送ったのです。

やがて卒業期がきました。卒業論文も書き上げ、あとは二、三課目の試験だけが残ったのんびりした正月のある日、母が私に、あなたと結婚する気はないかと勧めました。そして、その四月、私たちは婚約しました。

そうして出発した私たちの婚約には、どちら側にも、一種の諦めと、それを互いに認めた馴《な》れ合いがあったことを否定しようとは思いません。私も、その時、何故他の人ではなく、あなたに自分の一生を結びつけるのか、よく判ってはいませんでした。それは、ある種の安心のためだったのかも知れません。あなたとなら、互いに馴れ合って行けるというような――。

けれども、生活の新しい状態は、いつも、人々に、思いがけぬもの、全然予期できなかったものをもたらします。予め考えておいた身の処し方など、そう役に立つものではありません。あなたとの婚約の意味も、いつの間にか、私の中で変って行きました。そして、あなたにとってだって、それが変って、何故いけなかったのでしょうか。いえ、事実変ってきた。二年という年月の間には、よかれ悪しかれ、変らずにはいなかった――。そう、私は思いたいのです。

あなたはいつか、男と女が一緒にいることは、それだけで随分といいことなのだと、おっしゃったことがおありでした。あなたとの婚約の中で、私はどんなにそのことを知ったことでしょう。私たちが婚約したあの春の日々を覚えていらっしゃいますか。自分の身近かに男の人の身体を感じながら、毎日毎日を暮すのは、私にははじめての体験でした。あなたの傍で春の暖かな微風に頬をなぶらせながら胸一杯に息をする時、私はどんなに幸福さを感じたことでしょう。私たちの婚約の成り立ちがどうであれ、あの頃の私はこの上なく充たされていました。

五月はじめの暖かいある日、私たちは小石川の植物園を散歩しましたね。ウィークデーで、人影もまばらな園内を、花壇をのぞいたり、日なたぼっこしたりしながら、ぶらつきましたね。そして、覚えていらっしゃるでしょうか、あの堂々とそびえ立っていた巨樹たちを。私は、何百年もの間生きつづけ、今年もまた青々とした若葉を萌え出させているあの巨樹たちの下を、あなたに抱かれて歩き、その一本の下で立ち止まり、眼を閉じました。あなたに抱きよせられて上をふりあおいだ時、閉じたまぶたの裏に、ちらちらと木洩れ日が緑色に踊りました。が、すぐそれはあなたの影にさえぎられ、私の熱にかわいた唇に、あなたの湿った暖かい軟らかな唇がかぶさりました。

そうした想い出は何と優しいことでしょう。あなたはそうした時、いつも、本当に優しかった。その日の帰り、そしてそのあと、私たちが下宿のあなたのお部屋で愛し合うようになった時も、あなたは決して、私を怯《おび》えさすことはなかった。あなたはいつも優しく、正確で、その優しい正確さの中で、私は少しずつあなたの前に自分を開いて行きました。そして、八月のある日、とうとう私がすっかりあなたのものになった夏の夜、あなたは、涙ぐんでいる私の背中に手をまわし、私の小さな裸の肩を、いつまでも抱いていて呉れました。

ですが、そうしたあなたのあまりに正確な優しさの中で、私が何か判らない物足りなさを感じていたのに、あなたはお気づきだったでしょうか。あなたの優しさの中には、いつも、あなたが残してきた過去が感じられました。勿論、あなたにそうした日々のあったことは、判っていたことです。それを、そねんだ訳ではないのです。ですが、それでも、やはり、そうした過去の日々がなかったかのように、私はあなたに愛してもらいたかった。はじめてのようなやり方で、あなたに愛してもらいたかったのです。おそらく女は、この上なく愛している人の手によってでも、なお、はじめての経験に全く恐怖なしに立ち向うことはできないのでしょうが、私は、殆ど自分でもそれと知らぬ間に、それ以前の優しい心地よい愛撫からのなだらかな続きとして、あなたに自分を与えて行けた。それは、女と生まれて、殆ど得がたい幸せだったのだろうと思います。ですが、私が望んでいたのは、そうした幸せではなかった。たとえ、恐怖と苦痛のうちに、はじめての経験をしてもいい。それでもいいから、あなたに、自分の前にいる私というものに我を忘れてもらいたかった。私に、激しい苦痛の叫び声を上げさせてほしかった。そうすれば、そのあと、私はどんなにいとおしい思いで、あなたを抱くことができたでしょう。

が、そうではなかった。そして、そのあと、私はあなたに抱かれて、静かに横たわるばかりでした。心はおだやかに充たされていました。けれども、その平和の中には、眼にもみえず肌にも感じられない細かい霧のように、かすかな焦燥が漂っているようでした。いえ、そうした焦燥がかすかに漂うということと、あなたの腕の中で私が充たされ平和であったということは、全く同じことでした。そして、私はそうした平和さの中で、それを何か判らない物足りなさとして以上に感じることはできずに、暮して行きました。

やがて、秋が来、去り、冬が来、去り、また春がやってきて、私たちの間も、そろそろ一年になりました。その間私は幸福でした。勤め先でも、家にいても、時折、不意に、あなたの手の感触が私の身体に甦えり、頰を火照らせました。毎土曜、あなたの下宿に急ぐ時、思わず期待に胸が高鳴ってしまうのを感じて、顔をあからめました。それは、解放された感性の歓びというには、あまりに幼いものでした。それは、そうした感覚を通じて、私があなたと結ばれているという歓びでした。それは、むしろ精神的な歓びでした。それでいながら、それは確かに、女としての私の身体の歓びでした。

そうした幸福な日々のうちに、どうして、あんなに重い疲れが、沈澱《ちんでん》してきていたのでしょう。それはいつの間にか、やってきていました。春も、もう終りに近い五月の末のある夜、あなたの部屋の蒲団の中にだるい身体を横たえながら、もう起きて、身づくろいをしなければと考えていました。でも、そうした時間のあとで下着を身につけるという行為は、いつになっても、少し恥しいことでした。灯《あかり》は消してありましたが、外からの光で、部屋の中はぼんやりと照らされていました。私は、先に起き出していたあなたに声をかけて、窓の方をむいてもらい、それからのろのろと起きて、そこにある下着を手にとりました。そして、それを身につけながら、ふと気になって、うしろを盗み見しました。あなたは窓を開けて、外を眺めながら、煙草を吸っていました。晩春の夜のけだるい暖かい大気が部屋にながれ込み、片隅によせられたカーテンがかすかに揺れ、二階の窓際に立ったあなたの顔は、下から斜めにさし込む街灯の光で下半分が照らされていました。そして、光線の加減でしょうか、半分開けられた窓のガラスに、遠くを眺めているあなたの横顔が、思いがけない程はっきりと映っていました。それはひどく冷たげな、そのくせひどく淋しげな、無限の彼方に視線を投げているような横顔でした。それを見た時、私はふいに自分の中の疲れを感じました。ああ私は疲れていると思ってしまいました。そして、一度そう思うと、その疲れはにわかに重くなって、全身に沈んで行くようでした。私は、もう、下着をつけ続けるのさえ面倒な気持でした。漸く身づくろいを終えて振りむくと、あなたはまだ煙草を吸いながら、遠くを眺めていらっしゃいました。

そうした疲れは、それ以後、私から離れることがありませんでした。それは、あなたの腕の中に自分をあずけ、溶けるような安堵感の中へ落ち込んで行く時にも、やはり私の身体の何処かに、重く沈んでいました。どんなに深い眠りも、それを癒《いや》しはしませんでした。反対に、それは眠りの中にも入り込んで、目覚めたあと、私の身体には疲労感が重く残るのでした。

そうした疲労感の中で、あなたとの間柄に疑問を感じるようになったのは、いつ頃からのことだったでしょうか。はじめは、ごく漠然とした、これでいいのだろうか、というような疑問でした。が、それは、あなたの部屋でみた一冊の古本をきっかけに、急にはっきりした形をとりはじめました。

何故あのH全集の一冊に押された蔵書印が、あれほど気になったか、そして、それが佐野さんの蔵書印であったと知ったあと、佐野さんの消息を知ることに、何故あれほどこだわったか、今では自分にも不思議に思われます。ですが、あの夜、帰りがけに何気なくあの一冊を手にとった動作は、宿命であった――、偶然とみえる無数の事柄が重なって、その動作が行われたにせよ、その動作が起きないということは決してありえなかったという意味で、それは宿命であったし、また、一度その動作が行われたあとは、殆ど私の意志にさえ反して、全ての事柄が行くべき道を辿《たど》りはじめたという意味でも、それは宿命であった――そう、私には思われてくるのです。

佐野さんの遺書が私の手にもたらされた夜、私がその遺書を開いた時、その中の「死に臨んで、自分は何を思い出すか」という問いは、木の肌に打ち込まれるのみのように、私の心に突きささりました。それはあたかも私に向けられた問いであるかのようでした。そして、それへの答えを探した時、私は自分がそのおそろしい問いへのどんな答えも持っていないこと、持っているはずのないことを理解しました。そして、それと同時に、私は自分から去ろうとしない疲労感の意味を知ったのです。私たちの間柄、私たちの生活は無に過ぎない、日々そこに存在しているかにみえる私たちの生は、個々ばらばらの事象の偶然的な継起に過ぎず、その無意味さの中で私は疲れ果ててしまっている、私の生は乾いた砂のように、すくい上げる手の指の間から流れ落ちてしまい、死に臨んで握りしめようとする手に何かの残るはずはない――、そうしたこと全てを、私はただ一つのこととして理解したのでした。

それを理解した時、私は何をなすべきだったのでしょう。私はあきらめはしなかった。どうにかしなければいけない。このままでは、私たちはいつか、明日という日の来るのを望まなくなるほど、疲れてしまうに違いない。そう、私は考え、努力した——いえ、努力したと考えたいのです。けれども、ふりかえり考えてみれば、日一日とはっきりしてくる事態を前にして、ただどうしたらいいのかと思い惑う他の、何を私がしたでしょうか。いえ、何を私ができたでしょうか。

あなたに話すこと。何よりもまずしなければならないことは、それ以外にあるはずはない。それは、私にも判っていました。でも、それはこわかったのです。もし、私が一言それにふれることが、私たちの間にあって隠されていること全てを明らかにし、それによって私たちの婚約そのものが破壊されることになったら——、いや、それでもいいとは、決して思えませんでした。それはあまりにおそろしい。あなたを失うことに自分は堪えられないだろうと、私は思いました。もし私たちの婚約そのものを破壊することになるとしたら、私は何のためにそうした結果を生むことに一歩を踏みだすのか。私が何かをするとしたら、それはただ、私たちの婚約を、その未来を守るため、ただそれだけのためのはずだと思われました。

でも、それにしても、私がそうしたジレンマの中で苦しんでいたことに、あなたはお気づきにならなかったのでしょうか。いえ、そんなことはない。あなたが、そうした人の心の動きを見すごしておしまいになれる人ではないことは、誰よりも私がよく知っています。あなたはそれに心を痛め、私を慰めようとさえして下さいました。ただ、あなたは、御自分で考え、こうと決めた生活態度だけは、決して変えようとはなさいませんでした。あなたは誠実でした。あなたの前にいた私のほしかったのは、そんな誠実さより、たとえまやかしでもいいから、一歩私のほうへ歩みよってみようとするあなたの微笑だったのに。

いいえ、あの頃のことを今更申し上げて、何の益があるでしょうか。そうしたことはみな、あなたがよく御存知だったことです。あなたに会っても会ってどうすればいいのか判らず、二度まで約束をお断りしたあと、まだ判らぬままにあなたのところへ行ったあの十二月はじめの夜のことにしても——あの夜、思い迷って何の決心もつかぬままに、とうとう私たちの間柄の危うさをそれとあからさまに言ってしまった私が、それを言う時、心にどんな願いとどんな恐れを持っていたか——それをお判りにならなかったあなただったとは思えません。あの白々と輝く夏の海の風景をお話しになりながらも、あなたは私の心の痛みを自分の心の痛みのように感じていらしたに違いないのです。けれども、それでも私は一つ、ただ一つあなたにおききしたいのです、そうしたあなたの誠実さには、どういう意味がありえたのかと。

人間にとって、過去はかけがえのないものです。それを否定することは、その中から生まれ育ってきた現在の自分を殆ど全て否定してしまうことと思えます。けれども、人間には、それでもなお、過去を否定しなければならない時がある。そうしなければ、未来を失ってしまうことがあるとは、お考えになりませんか。

たとえ私たちの婚約の出発点に諦めがあったにせよ、そして、それがあなたの過去の日々、私の過去の日々からの一番自然な、というよりはむしろ、必然的な成り行きだったにせよ、何故私たちはそれに固執しなければならなかったのでしょう。たとえ人間にとって過去を切り捨ててしまうことはできないことであるにせよ、これからの生き方を、過去の規制によってではなく、過去の否定の上につくり変えようと試みて、何故いけないのでしょう。いえ、人間は、自分をそうしてつくり変えられると信じればこそ、明日という日に、それが何をもたらすか知ることのできない明日という日に、なお、希望と生きる勇気をかけることができるのではないでしょうか。そうではなくて、どうして人間は、この誤りと陥穽《かんせい》にみちた生を踏み越えて行くことができるのでしょう——。

あなたは、私たちがまだ学校にも行かない子供だった頃、私が母に連れられてあなたの田舎のお家によく泊りに行ったことがあったのを、思い出して下さるでしょうか……。

もう、随分昔のことです——。それは、汽車に長いこと揺られて行く遠い所にある、とても大きなお家でした。そこで、あなたのお父さんは、いつも白衣を着、ぴかぴか光る聴診器を胸にさして、診察室の回転椅子に坐っていました。私たち子供は、恐い診察室の反対側にある小川の音の聞こえる裏座敷でよく遊びましたね。そして、二人でよく積木を高く高く重ねて行って、どちらが倒れずに高く積めるか、競争したことがありましたね。思い出して下さるでしょう、私たちは、幼児時代のいつになっても決して暮れようとしない長い長い夏の午後を、丸ビルより高いわよとか、こっちは三越より高いぞとか、挙句の果ては、エンパイヤーステイトビルだとか、エッフェル塔だとか、うろ覚えの言葉に遥か遠い異国の風物を夢みながら、一心に積木を重ねつづけ、競争しつづけたものでした。

でも、そうした遊びの続いたある日、その積木遊びがもとで、あなたが私を泣かせてしまったことがあったのを、覚えていらっしゃいますか。あの日、その遊びに熟達した私たちは、二人とも殆ど自分たちの背丈に近い高さまで、積木を重ね競っていました。そして二人は、その上に更に高く重ねようと一生懸命になっていました。

けれども、実を言うと、あの時の私には、どちらが高く積み上げるか、あるいは、どこまで高く積み上がるかなどは、どうでもいいことでした。少なくとも一番大事なことではありませんでした。幼い私には、あなたと一緒に遊べさえすれば、積木を段々高く積み上げて行くのも面白ければ、それがあっという間に崩れてしまうのも、胸がわくわくするほど楽しく感じられたのでした。普段東京の家で、仲の良い近所の友だちも年の近い兄弟もいず、一人ぼっちだった私には、一つ違いのあなたと遊べることが、何よりも楽しかったのです。私は、積木が一つ載ったと言っては威張ってみせ、ぐらりと揺れたと言っては声を上げて喜んでいました。

が、最後の一つをとうとう載せそこなって、折角積み上げた私の塔ががらがらっと崩れてしまった時です。はしゃいだ私は、思わず、「大地震だ！」と叫んで、手を打ち飛び上がり、大仰に驚いてみせました。と、

「馬鹿！」

あなたはいきなりそう言うと、とてもこわい目をして私をにらみました。

私はびっくりしました。何故おこられるのか、判らなかったのです。だって、二人でこんなに楽しく遊んでいるのに、おこられる理由なんか、何もないはずでした。それだのに、あなたは本当に真剣なこわい顔をして、私をにらんでいるのです。

あなたは、あっけにとられている私に、もう一度、

「静かにしなよ。倒れちゃうじゃないか」

と言うと、また、倒れないで高くそびえている自分の塔の方へ向き直りました。

私はそれでも、すぐには、私がさわいだのであなたの塔が倒れかかり、それであなたが怒ったのだということが、よく呑み込めませんでした。もし、あなたの塔も倒れたら、それこそ二人で「大地震だ、大地震だ」とさわげばいいのにと思いました。けれども、あなたは、そんな私に背をむけて、また積木を一つ手にとると、もう随分高く積み上がった積木の塔の上に、それをそっと、実にそおっと、実に緊張した様子で載せようとしていました。それは、一緒に遊んでいる私のことなど、もうすっかり忘れてしまっているのでした。あなたは一遍積木を重ねはじめたら、自分がどれだけ高くそれを積み上げられるか、ただそのことだけに夢中になって、最初の、一番肝心な、私と一緒に遊んでいるのだということなど、思い出そうともしないのです。私はそれに気がつくと急に悲しくなってしまい、思わずわあーと泣き出してしまいました。そして、

「地震よ！　地震よ！」

と涙声で叫びながら、身体中でぶつかって、あなたの塔を滅茶苦茶にこわしてしまったのでした。

あの十二月はじめの夜のあなたは、その小さな子供の時のあなたそっくりに思えました。あの時の私たちにとって何より大切だったのは、私たちの生活であり、その中に何

らかの意味を見出す、見出せなければ、それをつくり出す努力だったのではないでしょうか。それだのに、あなたは、ただひたすら、執拗に自分の過去の自己展開を見守りつづけるばかりで、それに新しい道筋をつけてみようとは、決してなさいませんでした。その時あなたがどうしても守ろうとなさっていたものは、私たち二人の明日の生活ではなく、何か全然別のものでした。あなたはその何か不毛なものに自分の全てをかけ、すぐそばで私が、あの子供の時と同じように、あなたがこちらを向いてくれるのをどんなに待っていたか、そのことは少しも判って下さろうとしなかったのでした。あの夜、私たちはただ別々の心を持って別れる他はありませんでした。そして、それから暫く、あなたの論文のために会えない日が続きました。

それにしても、会わないでいると、その人と会う楽しさばかりが思い起こされるのは、どういうわけでしょうか。あなたと会わない間、私はかえって快活に平静に、婚約しているということの楽しさを味わいました。あなたとの気持の行き違いなど、次第に、現実にあったこととは思われなくなってきてしまい、四月から二人で暮すのんびりした田舎住いの様子が心に浮かぶのでした。そして、そういう時、私の心の中では、私はいつも素直でこだわりがなく、あなたの少し冷たい優しさを、そのまま受け入れていました。が、それは長くは続きませんでした。あなたとの再会の日が近づいてくるに従い、苦しみもまた戻ってきました。ああした会話のあと、あなたのはっきりした拒否を知ってしまったあとの今、あなたの前にどういう心を持って出て行けばよいのか、どういう会話が可能なのか、今度こそ本当に私は判らなくなってしまいました。あなたの前へ出て行くには、足をどう動かしたらいいのか、それさえ判らない気持でした。行こうと、たとえ気持は思ったにしても、足が鉛のように重くなってしまい、一歩も動けまいと思われました。そして、それでいながら、自分があなたに会わずにはいられないだろうということも、はっきり判っていました。

が、あなたの論文が終った翌日、あなたの部屋に坐った時、私はすぐ、私たちには何も話すことがないのに気づいてしまいました。たとえ、横川和子さんとF先生のことを私が話しても、私が話していることと、あなたが受け取って下さることは全然別のことでした。

そんなことは何でもないことだ。私たちの婚約には、あらかじめの了解があったのだし、私がそれを忘れて変なことにこだわるのは、全くおかしなことだ——。そう私は考えようとしました。そんなことはどうでもいい。折角会ったのだから、楽しく遊ぼうと思いました。

けれども、楽しく遊ぶことが私にできるはずはありませんでした。折角あなたと会いながら、少しも気持がふれ合ってこないことには堪えられませんでした。映画をみても、食事をしても、心はますます苛立ってくるばかりでした。こんな気持のまま別れるとしたら、あまりにも惨めだと思われました。

焦燥からの解放は、ようやくあのホテルの一室でやってきました。あの時私が求めていたのは、あなたの身体ではなく、あなたその人でした。が、人間に、人とその身体を区別する手立てがあるでしょうか。それは哀《かな》しいことでした。あなたを求めるということは、あなたの身体を求めることでした。私は激しくあなたの身体を求め、あなたは荒々しく私の身体を抱擁しました。私たちの息は次第に一つになり、あなたの嵐は私の中で波浪となり、私の中でうねり高まった潮はあなたの外に溢れ泡立ちました。それは、私にとって、はじめての経験でした。私は解放され、やがて深みに沈んで行きました。

けれども、その深みの中で、哀しみが私の心に拡がってきました。焦燥が消えた今、私の心の中にあるのは、ひどく虚《むな》しい解放感なのです。そこには歓びはありませんでした。人は、ああしたことを官能の歓びと呼ぶのでしょうか。けれども、官能は、人が普通に言うほど、精神から、人の心から、遠い所にあるものでしょうか。たとえ官能の歓びでも、歓びを歓びとして感じることのできるのは、ただ人の心だけなのではないでしょうか。私の心は、自分の感覚の波立ちを哀しいと思いました。ああした抱擁のあとでも、私のそばに横たわって私を静かに愛撫しているあなたは、依然としてもとのあなたなのです。抱擁の間、私たちは一つの息をしながら、同時に、抱擁する前と同じだけ離れつづけてもいたのです。私が求めていたのはあなたなのに、私に求めることができたのはあなたの身体なのです。私が抱きしめたのはあなたの身体なのです。しかも、心はそんなに離れていながら、私はあなたの愛撫の一つ一つ、あなたの身動きの一つ一つに、息をはずまし、身をそらし、応えてしまったのです。心はそんなに離れていながら、私は自分の上を吹き過ぎるあなたの嵐によってうねり、高まり、溢れる潮となったのです。そして、私が苦しんできた焦燥感さえが、そうした中に消えて行ったのです。それは哀しいことでした。心とは無関係のところで、そうしたことが起き、終って行くということは、哀しいことでした。涙が頬をつたわるのが判りました。

私は裸の肩をあなたに抱かれ、暗がりの中で、自分が幸福であった日々、野瀬さんと過ごした日々を思い出しました。それは錯覚によって支えられていました。しかし、錯覚によって支えられていたにせよ、そこには人生と未来への信頼がありました。二人の間に共通の信頼がありました。私は野瀬さんのそばで歓びに充たされていました。野瀬さんをみる時、そして野瀬さんにみられる時、私の感じる歓びは、殆ど官能的な歓びでした。幼かった私たちは、手をとり合うことさえありませんでした。けれども、彼の顔をみつめ、彼の視線にみつめられた時、私の全身を充たした震えるような歓びは、たしかに官能の歓びでした。それは、あの晩のあなたの抱擁が決して与えてくれなかった、めくるめくような官能の歓びでした。

そうした日々は過ぎました。私たちの間には、そうしたことは起きようはずがありませんでした。あの晩も、私たちはもう黙って別れる他はありませんでした。いつか、あなたのおっしゃった「やがて、私たちも死に果てるのだ」という言葉が、秋の野分のように、私の心を吹いて過ぎました。

あなたと別れて、私は寒いホームに立っていました。その時、私は何を考えていたのでしょうか。おそらく、何も考えてはいませんでした。あるいは、全てを考えていたのかも知れません。そして、やがて電車が遠くから近づいてくるのが聞こえた時、私はふらふらと前へ進み出して行きました。近づいてくる電車に向って歩みながら、それが自分とは全く無縁の世界で起きていることのようでした。そして、急に足元が宙に泳ぎ、下の線路と赤茶けた砂利が、ぐらりと揺れながら近づいてきました。

それは決して死のうと思ってしたことではありませんでした。それは、おそらくは疲れのための、過失でした。自分の意志とは無関係のところで起きたことでした。ですが、やがて意識を回復し、病院のベッドに横たわって日々を送っているうちに、私には、そのことがやはり起こるべくして起こったのだと、はっきりと判ってきました。昨秋来のああした日々のあと、そしてあの日のああした哀しみのあと、たとえあなたとの結婚が近づいてくるにせよ、その結婚の日々の中で、私はどういう風に生きて行けばよかったのでしょう。私は、ふらふらと歩き出した自分の身体は、もはや生きるすべを知らない私の心と、何処か深いところでつながっていたのだと知ったのです。

そして、それを知った時、私の心に思いがけない願いが甦えってきました。生きてみたい。生きる歓びとは言わない。せめて、生きたと言える日々を自分がまた持つことができないものか、どうか、もう一度試してみたい。そういう願いが、疲れ果てた私の心に甦えってきました。

それと共にまた、私には、過去の自分のおかしていた過ちが、次第に判ってきました。私は自分があなたに、そしてかつては野瀬さんに、あまりに多くのものを求め過ぎたとは思いません。私たち人間の生活は、いつも、何の意味も持たない茫漠とした世界の淵《ふち》にさらされていて、ともすればその果しのない深みと拡がりの中へ落ち込んで行きます。いいえ、そうした茫漠さの中に漂うことこそが、人間の生活の常態なのかも知れません。が、私たちはそれでもなお、自分の生活が意味のない事象の継起でしかないことに堪えられません。私が、いつも、相手の人と何かを共有したい、二人の生活の中に何か共通の意味を持ちたいと願ったのも、茫漠とした世界の中に確かな杭《くい》を打ち込みたい、それを一本一本と打ち込むことによって、そこに単なる時間の流れではない歴史と呼ぶにたるものを生み出したいと願ったからであり、更に、それによって私たちははじめて、私たちのまわりに拡がるこの無限の空間、私たちをやがて死の中へ消して行くだろうこの無限の時間に堪えることができるかも知れないと感じたからに他なりませんでした。それは、求めるに難きものであったかも知れないにせよ、求めずに過ごせるものではありませんでした。

　けれども、考えてみれば、二人の生活に何らかの共通の意味が存在しうるのは、むかい合う二人のいずれの一人もが、自分の生活において何ものかを、すでに持てばこそでありましょう。そして更に、仮に二人が各々の生活においてすでにそれぞれの何ものかを持つとすれば、その二人の間に共有のものとして生成するだろう何ものかは、はじめ二人が別々に持っていた二つの何かとは、すでに質的に異った新しい何ものかであるはずでしょう。が、私は、あなたの持つ何ものかに結びつけるべき何かを、自分自身に持っていたでしょうか。そして、私があなたとの間に望んだ共通のものとは、あなたの持つ何ものかに自分の持つ何かを結びつけることによって生まれ出るだろう新しい何ものかだったでしょうか。今、あなたとの生活を、また野瀬さんとの古い記憶を、改めてふりかえり考えてみれば、それはそうではなかった——、私は自分自身に何ものを持つこともなく、いえ、持とうとすることもなく、ただあなたの中にのみ何ものかを求め、それをそのまま私たち二人のものとして共有したいと願っていた、あなたの持つその何ものかに身をまかせ、それによって自分を支えようと怠惰な願いをかけていただけであった、とそうはっきり判ってまいります。そうです。あなたが私との二年間を通じて何一つお変りにならなかったとしたら、私たちの婚約に何一つ意味を見つけようとなさらなかったとしたら、それは、ただひたすら、あなたの前にいた私というものが無であったことを語っているのでありましょう。無でしかなかった私との間に、あなたが何の歴史もお持ちになれなかったのも、至極《しごく》当然のことでありました。そして、私が、あなたもまた私との二年の日々を過ごす間に変らぬはずはなかった——、そう私は信じたいのだと、この手紙の何枚か前の箇所に書いてしまったのも、逆に私が、自分が無であり、あなたを変える契機たりえなかったことを、すでにその時はっきり知っていたことの何よりの証左であったのではないでしょうか。

文夫さん。私はこうしてあなたから離れようと決心しました。ベッドに横たわる私の中で、その決心が次第に固まってきた時、あなたはそのかたわらに坐り、近づいてくる私たちの結婚と私たち二人の日々について語りつづけていらっしゃいました。私はそれを、苦しい気持で聞きつづけました。けれども、私たちがいつか本当に会うとしたら、そのためにこそ、今はお別れしなければならない。それはもう、動かしようもなく判ってしまったことでした。

退院してすぐ、私はまだ不自由な身体で女子大の先生を訪ねました。仕事を、今までのような仕事ではなく、自分の仕事だと思える仕事を探したいと思ったのです。

それは簡単なことではありませんでした。が、幸い、東北のある小さな町のミッションスクールが、英語の教師を求めておりました。それは、新卒の人たちは、誰も希望しなかったような田舎の町です。そこでの先生の仕事は、東京育ちの私の想像とは、ましてや自分の仕事という私の希望とは、全くかけはなれているかも知れません。ですが、そこには、少なくとも、英語を習おうとして私を待っている人たちがいます。そこには、私の英語の知識が必要とされるのです。そこでは、私は必要な人間なのです。そこには、私の仕事があるのです。私はそこへ行こうと決心しました。

そこは、ことによったら、かつて野瀬さんや佐野さんが山村工作隊員として暮した土地のそばなのかも知れません。そう思うと、かすかな感動さえ覚えます。けれども、あの人たちはそこへ何かを与えよう、何かを植えつけようとして行ったのですが、私はそうではありません。私は何ものかを与えるためではなく、何ものかを見つけるために行くのです。私の持っているのは、わずかばかりの英語の知識に過ぎません。私は与えるものなど持っていません。ただ、そこには、私のわずかばかりの知識を必要とする人たちがいるのです。そして私は、私を必要としてくれる人たちを必要とするのです。私は、その人たちにわずかな知識を伝達するという作業の中で、一度は崩れてしまった自分を支え直してみようと思うのです。

成算があってのことではありません。そこに待つのは、次第に惰性の中へ巻き込まれて行く生活かも知れません。慣れぬ田舎暮しに、東京ばかりが想われる生活かも知れません。でも、そうなってもいい。そうなってもいいから、一度は試みてみようと思います。仕事によって自分を支えることはできないものか、これが自分の生活なのだというものを見つけられないものか、試してみようと思います。

荷物はもう、少しずつ送り出しました。家のものにはまだ話してありません。ただ簡単な置手紙だけを残して行こうと思います。あなたとの結婚を楽しみにしている父や母、とりわけ近ごろ老いの目立ってきた父のことを考えると、どうしても口に出す勇気がないのです。どうか、父を支えてやって下さい。

あとはもう、この手紙を投函《とうかん》し、汽車に乗るだけです。おそらくは野瀬さんや佐野さんもそこから東京を離れただろうあの上野駅の、様々な人々と様々な人生の行き交う大ホールの雑踏が想い出されます。明日、私はあそこから発って行くでしょう。

こうして書いてくると、私には、その明日に至る自分の歩みが、動かしがたい宿命であった、いや宿命以上のものであったと思えてきます。こうなることを、私は決して願いはしなかったけれども、それでも私をここまで連れてきたのは、意識の底に深く隠され、自分でさえそれとは知らなかったひそかな心の願い以外の何物でもなかったと思われてくるのです。それは、まだ生まれぬ私を浮かべていた旧い未知の海のざわめきの中からすでに形をとりはじめ、やがて私がこの世に生を享《う》けてからは、私をかこみ息づく世界のたたずまいに自らを養って、いつか、私の中で、眼にみえず意識もされない太い根となっていたと思われるのです。そして、もし人の心にそうした自分さえ知らないひそかな願いが育ち隠されているとしたら、それこそが人間の宿命と呼ばるべきではないでしょうか。

さようなら、文夫さん。また、いつお会いできるかと思うと、悲しみが私を打ちひしぎます。けれども、心の願いに従う他、私にどんな道がありましょう。文夫さん。この手紙を、私の別れを、私を、判って下さい。今こそよく判ります。あなたは私の青春でした。どんなに苦しくとざされた日々であっても、あなたが私の青春でした。私が今あなたを離れて行くのは、他の何のためでもない、ただあなたと会うためなのです。そうでないとしたら、何故この手紙を書く必要があったでしょう。判って頂きたいと思います。私のことを判って頂けるのは、ただあなただけなのです。私の小さい裸の肩を抱き、まぶたににじみ出る涙を見ていて下さったあなただけなのです。いつか、私が自分の生活を見出した時、それを告げ知らせたい人は、ただあなただけなのです。そうです。私がそれを告げ知らせようと頭をめぐらせた時、思わぬ近さにあなたは立っているかも知れない。それは、望むべくもないことかも知れません。が、そうしたことは絶対に起こらぬと、誰が断定できるでしょう。そして、もしそういうことが起きれば、その時こそ、私たちはどんな歓びをもって、互いを見つめ合うことができるでしょう。

（「節子の手紙」終）

終章

下宿の窓から外を眺めると、暖かい日差しをうけた畑地からもやがうららと立ちのぼり、遠くの神社の森や、南側の斜面の新しい町並の中に目立つ赤い教会の塔は、その軟らかい大気の中にかすむように漂っている。春も次第次第に深まり、これで色づきはじめた桜のつぼみがほころんで、そして一夜の雨風に散ってしまえば、あとはただ濃い緑と輝く日差しの初夏へと移り変って行くばかりだ。

今朝、私は助手の宮下と横川和子との結婚の挨拶状を受け取った。三月末に結婚したという。媒妁人《ばいしゃくにん》は、例のF教授の友人で宮下の指導をしているI教授だ。「……に新居を定めましたので、お近くにお出での節は、是非……」こうした文面は、決まりきったものでいながら、いかにも満ち足りた空気を伝えるかのようだ。

福原京子も、三月一杯で研究室を辞めた。見合いをしたという。おそらく、秋には結婚するのだろう。それまでには、お茶やお花や、お料理もやらねばなるまい。私がいつか休みにでも東京に出て、街で彼女を見かけることがあったら、彼女はきっと、よく住宅街の散歩道などを歩いているあの幸福そうな若夫人の一人になっているだろう。夏の夕方など、袖なしのブラウスを着た彼女のそう細くはないが形のいい腕には、色の鮮やかな買物籠《かご》がよく似合うに違いない。

曾根と山岸徳子の結婚は、一週間後の日曜日になっている。会場は一ッ橋の学士会館だという。先日、曾根の家へ行った時、丁度徳子も来合せていて、式と旅行の打ち合わせをしていた。ウェディング・ケーキが要るか要らないか、しきりに話をしていたが、結局徳子の言う通り、みなの前で二人で手をそえあってケーキを切ってみせることになったようだ。まだ仮縫いがあるという徳子が先に帰って、二人だけになった時、曾根は、

「結婚式って、疲れるものだな」

と言った。

「まあ、他人のためや――、それに徳子さんのためにするようなものだろうから」

私が答えると、

「そうなんだ――。でもね、惚《ほ》れるってこと、あるいは惚れたと自分で認めるってことは、つまり、そういうことなのではないかと思うんだ。別に、あいつの言う通りにするってことではないんだけど、そこに自分とは違った望みを持っている奴がいて、そいつ

と自分が関わり合ってしまっていることを、認めること——。自分が事実そういう事態にいるんだから、生きるってことは、結局その事態を認めるってことになるんだよ」

それを曾根は、別に自嘲的ではなく、穏やかに言った。そして、そのあと、旅行は信州の方にするなど、色々話してくれた。

しかし、残念なのだが、私は次の日曜日の曾根たちの結婚式には出られない。その日も、そのことを断りに行ったのだった。もう随分長いつき合いである曾根の結婚式には、是非出たいと思ったのだが、もう四月に入った。遅くも明後日には任地のF県に発たなければならない。そして、下宿を探し、教科書も決め、教授会でも一応は挨拶をすることになっている。

だが、それもいいだろう。たとえ凡その事情は知ってくれている曾根の結婚式にせよ、節子が出ずに、私一人坐っているのも変なものだろうから。節子は私を離れて一人で地方へ行った。私も、もう旅立つべき時だ。

節子は私から去って行った。私がもし節子を苦しめたとしたら、許してほしい。あれが私にできる全てだったと思う。だが、詫《わ》びることはないだろう。今の節子に、私が詫びるとしたら、それは傲慢というものだろうから。

節子は、おそらく私がはじめて本当に節子を必要とした時、私から離れて行った。節子があの事故に遇ったあと、私ははじめて、自分がもう一人で生きることに堪えられないのに気づいた。かつては、誰とも自分を決定的に結びつけないことに、ひそかな自由を誇ってさえいた私だったが。年をとったと言うには、あまりに若い年齢だが、やはり年をとったのだろう。私たちの世代は、きっと老いやすい世代なのだ――、その老い方は様々であるとしても。

だが、不思議なことだ。私は節子を必要とした瞬間、節子を失ったのだが、今の私の気持のこののびやかさは何だろう。それは、あの駒場の日々以来、私を訪れたことのなかったのびやかさだ。私は節子のしたことは全く正しかったと感じる。悲しみさえ、幾分薄らぐようだ。

節子のやがて見出すものが、節子の望んだものであるかどうか、それは判らない。節子は優しく純潔だから、人への思いやりや自分の心の願いに、あまりに心をかけすぎる。節子がいくらそれを夢みてくれようとも、節子が再び私のもとに戻ることは望むべくもないだろうし、また、節子の深い哀しみにもかかわらず、これからもまた、心の不在のままに節子の中で何かが起こり終って行くこともありうるかも知れない。これからの節子が新しい土地で、どういう自分を発見するか、それは誰も言うことはできない。だが、それでも、節子が再び生活を求めようとしたことは正しかった——。私は自分の悲しみの中で、さわやかにそう感じるのだ。私たちはおそらく老いやすい世代なのだが、節子はまだ自らの老いることを拒否している。ことによったら、節子は私たちの世代を抜け出るものかも知れない。

そうなのだ。あの晩秋の日、何とも判らぬ力に引きよせられて、今にも崩れそうな古本の棚からH全集の一冊を取り出したのは、誰だったのか。あのH全集を取り出すという一つの行為が、やがて私たちの間柄の危うさを顕在化させ、そこから節子の別離が生まれたとしたら、あの時、抗がいがたい内心の声にうながされてH全集を手にとった私こそが、ひそかに節子の自分からの別離、節子の新しい出発、を望んでいたのではなかったのか。

いや、それはただ私一人であったろうか。あの時、H全集のたたずまいから発して、私にからみついてきたあの奇異な雰囲気、私をして自分の意志にさえ反してH全集を買わせたあの悪寒は、果して私一人のものであったのだろうか。それは、それを感じた私のものであり、H全集の旧所有者であった佐野のものであり、更には、それと同時代を生きた野瀬のものであり、Aのものであり、曾根のものであり、そして更には死んだ優子や多湖、国枝、珠子たち、また名も忘れたあの何人もの女たちのものでさえあったのではないだろうか。それは、私たちと同じ時代を生きた人たち全てのものであったのではないだろうか。それは、たとえどういうようにその時代を送り、どういうような生活の中に今いるにせよ、同じ時代の中へ投げ入れられ、あるいは真剣に、あるいはいい加減に、が、みな一様にそれなりの辛さをもって一つの時代を生きた人たちの心ひそかな願い、あるいは怨恨《えんこん》——その立ちさわぐざわめきではなかったのか。その願い、あるいは怨恨こそが、私にH全集を手にとらせ、やがて節子の自らの世代を抜け出ようとする行為を呼び起こしたのではなかったか。そして、もし一人の人間の行為が、自らの意志によって決定されるようにみえて、その実それほど多くの人々の願いあるいは怨恨をうしろに背負っているものであるとしたら——、もはや、それが幸であろうと不幸であろうと、彼にその行為を拒否することはできない。

そうなのだ。私の幸や不幸は問題ではない。節子の幸や不幸は問題ではない。人は生きたということに満足すべきなのだ。人は、自分の世代から抜け出ようと試みることさえできるのだから。

節子のそれが成功するかどうか、それは判らない。節子はあまりに感じやすく、あまりに生を愛しすぎる。が、成否の如何にかかわらず、私は、いや私たちは、そういう節子をもったことを、私たちの誇りとするだろう。

やがて、私たちが本当に年老いた時、若い人たちがきくかも知れない、あなた方の頃はどうだったのかと。その時私たちは答えるだろう。私たちの頃にも同じように困難があった。もちろん時代が違うから違う困難ではあったけれども、困難があるという点では同じだった。そして、私たちはそれと馴れ合って、こうして老いてきた。だが、私たちの中にも、時代の困難から抜け出し、新しい生活へ勇敢に進み出そうとした人がいたのだと。そして、その答えをきいた若い人たちの中の誰か一人が、そういうことが昔もあった以上、今われわれにもそうした勇気を持つことは許されていると考えるとしたら、そこまで老いて行った私たちの生にも、それなりの意味があったと言えるのかも知れない。

荷物を送り出してがらんとした部屋の中に、夕暮が入ってきた。この部屋で暮すのも、あと一日二日だ。だが、それでいい。私たちは毎日毎日全てのものに別れ、それによって、私たちの視野はなおのびやかになるだろう。

少し湿っぽくなってきたようだ。窓を閉めよう。東北の方は、まだきっと寒いのだろう。雨の日など、節子の傷の痕は痛まないだろうか。もし痛むのなら、抱いて暖めてやりたいのだが――。

（一七一頁の詩は堀口大学訳詩集『月下の一群』より。原作ギョーム・アポリネール）

ロクタル管の話

ねえ、君。君はロクタル管を知っているかい。ロクタル管というのは、あの、ラジオに使う真空管の一種なのだ。今でこそガラスのスマートな円筒型のＧＴ管や、ドングリのように小さいミニアチュア管、それに全部鉄で出来、その上に黒光りのする塗料をふきつけてあるメタル管だって珍らしくない。それどころか、トランジスターとかいうものが出て来て、真空管それ自身がラジオの中では何となく間が抜けて見えるようになってしまった。だけれども、あの頃は真空管と言えばあのダルマ管、四十過ぎの人が真空管と聞いたら直ぐにも思い浮かべるだろう、いわゆる並四とか高一とかいう旧式のラジオをのぞき込めば必ず四本ばかり並んでいる、あのダルマ管、普通の電球の頭に段をつけたような、不恰好なダルマ管、例えば12Ａとか26Ｂ、精々の所で６Ｃ６位——これは皆ダルマ管の中でも色々ある真空管の型式名なのだけれども、つまり、ダルマ管とかミニアチュア管とかいうのは真空管の外型に関することで、12Ａ、６Ｃ６なんてのは真空管の中味、性能に関することなのだけれども——あの頃は真空管と言えばまずそういったダルマ管が大部分だったんだ。そういう中で、ぼくらはどんなにかあのロクタル管に憧れたことか。その憧れを判ってもらうために、どうロクタル管の美しさを説明したものか。

ロクタル管という奴《やつ》は実に確かな姿をしていた。直径約三センチ、高さ約六センチのガラスの円筒の中に、黒い、鉄で出来た、細かい微妙な細工の、しかし同時に堅牢《けんろう》な電極がみじんの狂いもなく固定してある。円筒の下部にはGT管のような黒い大ゲサな、ベークライトのベースはなく、ただ、底面と側面、およびその両者の交わる角を保護するために、少し赤味を帯びて光る白い金属のベースが側面のごく狭い幅と底面を包んでいた。そしてベースの底面の正確な丸型の小さな八つの穴の各々の中央からは、ガラス面から直接突き出た、電極に電気を伝える役目をする、短い、堅い、銅の脚が八本出ている。それらの脚の根元には、それらを支える硬いガラスの厚い小さな山が金属の穴にぴったりと盛り上っている。それらの脚の一本を少し無理にねじれば、脚が折れるより先に、それを支える厚い硬いガラスの底面にぴしりと一筋の割れ目が走りそうだった。

だが、そういう箇所にもましてぼくらをひきつけたのは、ガラスの側面が次第に上底面へ移り変る時見せる頭部の曲面の美しさ、そして、その曲面に内側から吹きつけられている、電極のシールド用の銀の薄膜が時折みせる、息が詰まって来るような輝きだった。あの頃、神田の小川町あたりから須田町あたりまで、ずらっと並んだラジオ部品ばかりの露店街を終日ほっつき歩いて、もう薄暗くなった時分、ふと目の前の露店の裸電球の下にロクタル管が白く輝いているのを見つけた時、ぼくらは思わず立ち止まってしまうのだった。その輝きの純度の高さにぼくらは魅了され、裸電球も、戸板の台も、放出軍服を直したジャンパーのようなものを着込んでいる露店の親爺《おやじ》もみな忘れてしまい、そっとその方へ手をのばし、輝いているガラスのあの曲面を指の腹で静かに撫《な》ぜてみる。そして次の瞬間、決って露店の親爺の不機嫌な視線を感じて、はっと手をひっこめるのが常だったのだけれども、やっぱりまだ未練がましく、おずおずとした手つきでもう一度ロクタル管に手をのばし、取り上げてみると、例えば、「この7F7、いくら?」というふうに訊《き》く。親爺は「八百五十円」とか、なんとか言う。だけれども、ぼくらはそんなことなど本気できいていはしない。と言うのは、元々ぼくら中学生の小遣ではロクタル管は到底買えないことは知りぬいていたのだった。ただ、それでも値段をきくのは、そういうあきらめの中でも、あの頃のまるで投機市場のように一定しない神田の真空管価格のことだから、それに第一、ダルマ管以外の真空管は殆《ほとん》どすべて、金のほしい米兵が米軍の資材からごまかしてきて叩《たた》き売る、いわばコストの存在しない盗品なのだから、ロクタル管だってもしかしたら、何かもののはずみということもあるのだから、二百円、あるいは精々三百円ということもあるかも知れないと、つい、かすかな希望を何遍でも持ってしまうからだったたし、また、本当を言えば、そんな問答の間だけでも、もう少しロクタル管を見ていたい、それに触っていたいという、幼い策略の表われでもあったのだ。

それに、あの頃のぼくらの、子供らしい陽気な心は、まだ、どんなに小さい喜びでも、それをパン種にすることを心得ていたので、ロクタル管を買えない悲しみよりも、それを見た、それに触ったという幸福感の方が直ぐ一杯にふくれ上ってぼくらの心を占めてしまうのだった。そんなことのあった日は、ぼくらはもう他の露店をひやかしたりなどせず、そうかといって急ぐのでもなく、ぶらりぶらり、何か判らないものに胸をときめかしながら、神保町の都電の停留所の方へ歩いて行った。満員の都電に乗り込んでもその幸福感は消えず、自分の身体が少しふくらんだ思いで、そういう夜はきっと中々寝つけないのだった。それで翌日、その幸福感に一杯な心をそのまま学校へ持って行くと、授業などは上の空で過ぎて行く。そして、本当に解放される放課後まで黙っていようと思いながら遂に待ち切れず、昼休みに物理部の部屋へ飛んで行くと、そこに集まっているラジオ仲間に一口に言うのだ。

「おい、昨日ナァ、あの軍服ジャンパーの親爺の所に7F7があったぜ。八百五十円だって言いやがるのさ」

そう早口で言ってしまって、昨日の夕方から張り詰めて来た緊張がその一口ではっとぬけると、手近かの椅子にぐったりと腰を下ろして、今度は少しけだるいような幸福感をもう一度味わうのだった。

そしてまた、あの頃のぼくらなら誰でも、それだけの言葉で、言った奴の気持はみな、ぴーんと来てしまうのだった。そいつの言葉にぼくらは少しの間弁当を食べる手を休めて、お互いに「へえ」といった空気を交換し合うと、また飯をほおばりながら、7F7を使って出来るあらゆる増幅器、あらゆる測定器、あらゆる種類の回路について空想し、おしゃべりし、論争し、あげくの果には白墨で黒板にその回路を描いては、何処《どこ》が自分の新しい着想であり、それを実現すれば7F7の素晴しい性能が如何によく生かされるかを、情熱と、それが中学生の身分では決して実現されえないことを知る故に、限りない憧れをもこめて、話すのだった。

だが、あの頃のぼくらのラジオへの、いや、より正確には、一般に真空管を使って、ある回路を作ること、への熱中には、実際一種特有のものがあった。ハンダごてを使って、真空管の脚を差し込むベースや、コイル、バリコンなどの間を針金でつなぎ合わせ、その間に抵抗やコンデンサーを挿入して回路を作って行く時、ぼくらはいつも自分の現に住んでいる世界とは別の世界を、その一見複雑にこんぐらかった配線の向うに、作っているような幻想を抱いたものだ。あの頃のぼくらは、まるでアルファベットも判らない外国の言葉を解きほぐすように、一行、一行、つっかえ、ためらい、はっと胸をおどらせながら、ラジオ理論教科書から電気・ラジオ理論を読み取ったのだったが、ぼくらが作り上げる世界ではその読み取った電気理論、その透明さ、整合性、が、ぼくらの眼にこそ見えはしないけれども、全くその通り、正確に起きているに違いないのだ。例えば五十キロオームの負荷抵抗を流れるプレート電流に〇・一ミリアンペアの変化が起きたら、その負荷抵抗の両端の電位差は五ボルト変化するに違いない。その変化は五・一ボルトでもなければ四・九ボルトでもない。まして、五ボルト位なんて、そんななまくらなことではない。負荷抵抗が五十キロオームで電流の変化が〇・一ミリアンペアなら、それは正しく五ボルトであり、五ボルト以外ではありえない。その透明な正確さが、ぼくらにとってその配線の背後の世界が持つ第一の魅力なのだった。

けれども、今それを「第一の」と言ったのは、ただ順番の問題かも知れない。つまり、正確さは、この場合、本当の魅力の前提なのだった。ぼくらを摑《つか》んでしまって決して離そうとしない配線の向う側の世界の本当の魅力は、おそらく、その世界で起きることが、それは非常に正確であり、そのことは疑いえないのだけれども、同時に、決してぼくらの眼に見えることはないのだという点にあったのだ。例えば、熱せられた陰極から飛び出した電子は流れとなって電位の高い陽極に吸い込まれ、その際、それをさえぎる格子《こうし》の電位がわずかに変化すれば、その電子流の密度は格子の電位変化に対応する特定の値だけ変化する。しかし、そういう現象が起きるということをぼくらは何事にもまして固く信じてはいたけれども、その現象が起きているに違いない時、ぼくらが真空管を眺めて判る変化といったら、フィラメントが赤くついているだけか、精々の所で時折陽極が赤く熱して来ることがある位なのだ。もっと簡単な現象、例えば前に挙げた五十キロオームの抵抗の両端に五ボルトの電位差の変化が生じる場合だって、眼でも、耳でも、触っても、何もぼくらに知覚されはしない。ぼくらは何事も見ぬままに信じているのだ。

それは勿論《もちろん》、測定器というものはある。しかし、それは多くの場合、所詮電気現象を機械的現象にかえて視覚に訴えるのであり、電気現象そのものを示しはしないし、そのすり替えは仮に我慢するにしても、第一、測定器を回路に入れること自体が、ぼくらが空想し、作り上げた回路の純粋性をこわしてしまう。つまり測定器が、ある回路の、例えば電位なり電流なりを測定するということは、自らにその電位なり電流なりを関わらせることで、そうすれば測定器もこちらからその電位なり電流に、つまりその回路の在り方というものに、必然的に関わってしまう。そんな訳で、測定されている回路は、元々の、他と関係を持たず、それ自体としてあった回路では決してありえない。測定の不可能性は、測定という行為それ自体から直接的に生まれて来るのだ。

そしてまた、ぼくは時々そう考えるのだが、測定ということにまつわるこうした事情が、あの頃のぼくらがブラウン管オシロスコープに対して持った、あの胸をしめつけられるような憧れを説明するのではないだろうか。オシロスコープも勿論、測定器には違いないから、測定の本質的曖昧《あいまい》さは決して免れえないのだけれども、ブラウン管は、ともかくも、ぼくらが配線の背後に作り上げた世界の出来事、つまり電気現象、を機械的現象に直さず、そのまま、しかもその動的状態において、直接視覚に示すことができる。そして、まさしく、そのことがぼくらのあんな興奮の原因だったと思えるのだ。あの頃、先生から漸《ようや》くのことで高価なブラウン管オシロスコープを借り出すと、黄色っぽい画面に緑色の線が描く様々な波形を、ぼくらは息を殺してのぞき込んだ。そして、よく言ったものだ。

「俺だってナァ、今にオシロを作るんだ。三角定規みたいに正確な鋸状波《きょじょうは》の発振器をつけてなあ」

けれども、そう言ったところで、ぼくらはそれがいつか現実に出来ることと信じてそう言ったのではなかった。あの頃のぼくらは、頭でどう考え、口でどう言ったにせよ、まだ心のどこか片隅では、自分が今しているような生活は永遠に続くのだという、あの幸福な幻想をそっとはぐくんでいたし、また一方ではそれに絶望してもいたので、誰か他人が、ぼくらもやがては学校を出、社会人となって、オシロを作るための金位は自由に出来る日が来るのだよと言ったとしたら、自分らだって口では「今にオシロを作るんだ」と言っているくせに、ポカンとその人の顔を見上げてしまったに違いないのだ。

それに第一、ぼくらは測定ということにかけてはオシロだって曖昧《あいまい》なんだということはよく知っていたのだし、さっき言ったように、測定が不可能だということ、そこでの出来事が何一つ見えはしないんだということにこそ配線の向う側の世界の持つ魅力の本当の性質はあったのだから、その時ぼくらが測定に憂身をやつすのは、いわばなれ合いなので、そういう努力は、「だけれども結局は見えないんだ」という逆の結論を生み出すため、「見えない」ということが偶然的なことではなく、必然的であることをくっきりとした輪郭をもって示すためにこそ、本当の意味合いがあったのだった。そして、透明な、正確さのままに存在する世界が確かにそこにあるのだけれども、それは疑いの余地のないことだけれども、同時にそれをぼくらが見るということは絶対にありえないこと、その世界とぼくらが絶望的に断絶しているということが、ぼくらのあの切ない憧れを生み出すのだったし、また、時折ぼくにはそう思えるのだが、逆に、見えぬままに信じうるということ、決してその世界は見えないのだけれども、同時に、それが非常に正確な在り方であることをぼくらが何の疑いもなく信じうるということ、その際、一般に「信じる」という行為につきまとい勝ちな卑劣さ、卑屈さの一カケラをも混じえずに信じうるということ、そのことが、あの頃のぼくらの一途《いちず》な憧れに、単なる憧れ以上の何かを与えていたのかも知れない。

ぼくらはあの頃、お互いを摑んでいるそうした魅力の性質について暗黙のうちに了解し合っていた。だから、あの頃ぼくらはよくしゃべり、そのおしゃべりは大抵他愛もないものばかりだったけれども、そういうおしゃべりは、いわばさざ波なので、そのさざ波の下にはぼくらだけが互いに判り合う、深く、広く拡がる青い水の透明な厚みというようなものがあることを信じていた。勿論、でも、そんなことは言ってみれば理屈というもので、中学生のぼくらはただピーチク、パーチク、陽気な雀《すずめ》のように、ラジオのことをさえずって終日暮していただけなのかも知れない。

ぼくらがあの頃、世の中で一番神聖な事柄だと感じていたのは、新しく組み上げたセットに最初のスイッチを入れる行為だった。ぼくらがラジオを組み上げるのは大抵部室で、皆とおしゃべりしながら、いやむしろおしゃべりの合い間に、であったが、一旦出来上ってしまうと、決して友達の前でスイッチを入れることはなかった。それがどんなに大きなセットでも、苦心して家へ持ち帰り、家人も寝しずまった夜半過ぎになって漸《ようや》くはじめてのスイッチを入れようとするのだった。まずスイッチを入れる前に、もう一度、全部を調べ直す。するとぼくらはもう次第に興奮し始め、それがたちまち高まって来る。配線に間違いはないか？　ハンダづけの不良な箇所は？　ショートしている所は？　よし、全て異状なし。さらば、とぼくらは整流管を除いて他の真空管をみなベースに差し込んで、スイッチを入れる。それで、フィラメントがみな夜の暗さの中で赤く光り、他にも異状なことは起こらず、となれば、さあ、いよいよ整流管も差して、本当に最後のスイッチ・オンとなる訳だけれども、もう、こうなると、ぼくらの興奮は最高潮に達し、手が止めどもなく震え出し、肝心の整流管さえよく差さらない。それを漸くベースにがた、がたと差し、一層ひどく震え続ける手をスイッチに掛けると、ぼくらの鼓動は益々早くなり、呼吸は大きく波を打ち、顔は火照《ほて》り、鼻孔はふくらみ、わなわなと震える腕から振動は全身に拡がり、ぼくらはもうそれに堪えられない。ぼくらはその儀式を元々は神聖に、厳粛に果すつもりだったのだが、今となっては自分の行為の意味などすっかり忘れ、ただその恐ろしい緊張から逃れるために、手元も定まらぬまま、強引にスイッチをひねってしまう。だが堪えがたいことには、ぼくらはまだその緊張から解放されない。フィラメントの熱するまでの数秒間、ぼくらの全身はおこりのように震え続け、真赤に充血したぼくらの目はかすんでしまい、もう何も見えない。が、遂に、ブーンと軽いハム音が聞こえ、震えるぼくらの手がバリコンをまさぐり、それにすがりつき、盲滅法にそれをまわすと、突然、遥か彼方の異国から遠い空をわたってやって来た、耳をつんざくようなモダンジャズの一節が鳴りわたる。と、その瞬間、脳髄から首筋、左右の肩胛骨《けんこうこつ》の間を通し脊髄《せきずい》を下方へ向けて、烈《はげ》しい、痛いような熱いような感覚が走り、同時に、はーっと胸の中が空っぽになるような深い溜息《ためいき》が口からほとばしり出、ぼくらの身体の全ての緊張が解けて行く。やがて、体の節々に残っていた緊張も静かに去り、ぼくらは、ただぐったりとしてしまい、まだ胸だけは大きく波打たせながら、次第に半ば睡眠状態へと移って行くのだ。

ところが、どの位時間が経ってからだろうか。突然ふすまが荒々しく開けられ、はっと見ると、親爺か兄貴がそこに突っ立っていて、怒鳴りつける。「一体何時だと思っているんだ。やかましくて寝られないぞ」。気がつくと、ぼくらのセットは早口の外国語で、コーリアン・ウォーがどうしたとか、レッド・チャイナがこうしたとか、訳の判らぬことをしゃべり散らしている。ぼくらはそれに気がつくと、急いでスイッチを切り、いつもに似ずおとなしく「うん。もう寝るよ」と言うのだった。そしてその夜、蒲団の中にもぐり込んだぼくらの小さい胸は、ぼくらが確かにある世界を作りえたという喜び、そして、たとえ一瞬なりとも、それとの神秘的な触れ合いを体験したのだという秘めやかな幸福感、で一杯になっているのだった。

ぼくらとセットとの関係は、こういう例でも判るように、ある意味で内面的なものであったから、自分のセットが期待通り働かなかったり故障を起こしてしまったりした時のぼくらの気持は、また特別に複雑だった。ある時ぼくらの仲間の一人が、例によってぼくらの仲間が寄り集まって、陽気に弁当を食ったり、しゃべったりしている昼休みの部室に勢いよく飛び込んで来るなり、まるで隣りの火事を知らせるみたいに言った。

「俺の今度のノイズリミッター（雑音防止器）付、DX用（遠距離受信用）の奴な、どうもS／N比が悪くって（内部雑音が多くって）、感度が上がらねえのさ。そして、あっちこっちいじっているうちに、発振起こしやがって、どうしても止まらないんだ。だからさ、俺、元来が短気なたちだろ。やけ起こして、床に叩きつけて、けっとばしちまったんだ」

ぼくらは一斉にはしを止めた。他でおしゃべりをしていた連中も、ぴたと口を閉じ、そちらを見た。そう言ってのけた仲間を見上げた、その時のぼくらの眼差しは、フランス国民軍の兵士らが、馬上で胸をはる常勝将軍ナポレオンを見上げた時のようだった。実際その仲間もナポレオンのように、その小柄な風采《ふうさい》のあがらない身体を精一杯大きくみせようと、ちょっと無理をして胸を張ってみせたものだった。ぼくらは考えた。DX用なら、そしてノイズリミッターもついているなら、最小限七本か八本は真空管が使ってある。ことによったら、漸く手にいれたロクタル管も一本か二本は使ってあるかも知れない。それにバリコン、きっとバンドスプレッド用の特製豆コンだっておごってあったに違いない。その上、それらに劣らず貴重なコイル、微動ダイヤル、パワートランス。それら全てのついたDX用セットを床に叩きつけて、けっとばした。しかも、ただぼくらの憧れる世界がその確かな在り方で現われないという、本当に純粋な怒りにかられて。ああ、その勇気！　その誠実！　ぼくらは、その普段はぱっとしない友達の内にひそんでいた、本当の炎に触れ、一瞬自分らの不純さをまざまざと照らし出された思いで、息を呑んだのだった。やがて、一人が、おずおずとたずねた。

「真空管、みんな、割れちまったろ」

と、その小さな英雄の顔に一瞬、何とも奇妙な表情が浮かんだ。が、直ぐそれは消え、英雄は、そんな些細《ささい》なことは問題でないというふうに、勢いよく言い捨てた。

「うん。それがさ、俺がやけになった時、真空管は抜いてテストしていたんだ」

そして、

「はっ、はっ、はっ、はっ」

と勇ましく笑った。その瞬間、「なぁーんだ！」といった空気が、みなの間に流れかけたが、またすぐ、元の真面目な空気に戻ってしまった。真空管が差してあったか、なかったかを問題にするなんてこと自体、セットを叩きつけたという厳粛なる事実を前にしては、少し軽薄だと思われたのだ。

しかし、ぼくら凡人にとっては、真空管が差してなかったということは、やはり確かに一つの救いではあった。それで少し安心しながら、でもまだ恥ずかしそうに、一人が話を続けた。

「へえー、そりゃあ、運がよかったな。だけどさ、コイルなんかは、やっぱりキズがついちゃったろ。それにさ、バリコン、特にバンドスプレッドの奴なんか、ちょっと狂うと使いものにならないぜ」

すると英雄の顔には、また先程の奇妙な表情が浮かんだ。それは今度は中々消えず、しばらくしてから、急にくしゃくしゃと崩れると、半分泣き、半分笑っているような表情になった。そして彼はにわかに口ごもって言った。

「うん、それがさ、丁度さ、同調回路いじってたろ。だからさ、ね、よくやるだろ、バリコンとコイルはさ、はずしてあったんだ」

ぼくらの間には、かすかなどよめきが起きた。それは、夜更け、芝居がはねた劇場から吐き出された群衆が、いま悲劇を演じ終えたヒロインが舞台で刺し殺した相手役と談笑しながら自動車へ乗り込むのを見た時、彼らの間に起こる、あの名づけようもないどよめきと似ていた。彼らは、いま談笑する女優は虚構であり、あの悲壮なる運命を生き切ったヒロインこそ、現実であることを信じ続けようとする。ぼくらの一人は言った。

「でも、ダイヤルやトランスはついていたんだろ」

が、英雄はますます口ごもった。そして、強いて陽気そうに答えた。

「うん、それがさ、バリコンをはずしゃ、ダイヤルははずさない訳には行かないだろ。それにさ、トランスはさ、叩きつけるには重すぎるんだもん」

先程からの、事柄の意外なる展開に、思わず一人が強い調子で言った。

「そいじゃ、一体シャーシ（部品をとりつける金属の台）には、何がついていたんだい」

こうなると、かつての英雄は今やセント・ヘレナに流されたナポレオンであった。今にも泣き出しそうな顔を無理に、

「え、へ、へ、へ」

と笑って、言った。

「だってさ、折角作ったのにさ、あんまり調子が悪いだろ。で、しゃくにさわって、セットをばらし出したんだ。それでさ、大きなもんははずしちゃったんだよ。それでさ、抵抗とコンデンサーだけ残っているシャーシの裏を見たら、急にやけになってさ、思わず床に叩きつけちゃったんだよ」

「なあーんだ。シャーシと抵抗とコンデンサーか。それを床に叩きつけて、けっとばしたのか。そりゃ、凄《すげ》えや、凄えや」

途端にそう言って、ぼくらはげらげらと腹をかかえて笑い出した。彼の出だしが勇ましかっただけに、それだけ余計にぼくらは、今は半べそをかいているかつての英雄のまわりで、一斉にはやし立てた。英雄は小さな、泣き出しそうな声で抗弁した。

「だってさ、真空管なんか差したままじゃ、ぶつけられねえじゃないかよお、なあ」

けれどぼくらは、そんなことにはおかまいなしに、笑い続けた。

「シャーシと抵抗とコンデンサーか。凄えや、凄えや」

「凄えや、凄えや」

が、そういう笑いの中をくぐって、彼の小声の口ごもった抗弁がかすかにぼくらの心にとどくと、ぼくらは急に笑うのをやめて、しゅんとしてしまった。ぼくらは、その呟《つぶや》かれた「だってさ、真空管なんか差したままじゃ、ぶつけられねえじゃないかよお、なあ」という言葉が、ぼくらの心にたどりつくと、たちまち、そこで異様な重さを持ってしまったことに気がついたのだ。そして、にわかにきまり悪げな、お互い、ばつの悪い顔を見合わせると、また、その急な沈黙の中に呆然《ぼうぜん》として立っている小さな英雄の方を、何かおそろしいものでも見るように、見やった。その沈黙は、ひどく重苦しい、ぼくら子供たちの決してぶつかったことのなかった沈黙であった。突然、仲間の一人が、沈黙に堪え切れず、

「シャーシと抵抗とコンデンサーか。凄えや、凄えや」

と、声を限りに怒鳴りはじめた。途端にぼくらは、みな、またあわれな英雄にむかって、

「シャーシと抵抗とコンデンサーか。凄えや、凄えや」

と力一杯はやし始め、前と同じように、げらげら笑い出し、笑い続けた。けれど、げらげら笑い続けながらも、ぼくらは心の何処かでひそかに、その笑いがわずか数瞬の沈黙のうちに救いようもなく変質してしまったことを感じていたのであった。

だが、こうしたことは、ぼくらがあの頃いくつも経験したエピソードの一つでしかな

い。そういうエピソードのうちに、ぼくらは時々見慣れないものにぶつかり、おどろかされ、ふっと戸惑うことはあったのだけれども、やはり大体に於いてぼくらは陽気だったし、さっきから何回も言っているように、自分らが作り上げる、現実の向う側の世界の美しさに夢中になっていたので、それ以外の、ぼくらをおどろかせるような、見慣れぬ、少しばかり異様なものは、少なくとも表面的には、直ぐに忘れてしまっていたのでもあった。あの頃のぼくらの最大関心事は、何と言っても、やはり、美しさということだったのだ。

だから、あの頃ぼくらは自分達の部へ、決して女の子を入れようとはしなかった。勿論ぼくらは中学三年としては随分と子供っぽい連中の集まりではあったけれども、それでも、同級の女の子達の漸く肉づき出した腰や胸のふくらみ、短いブラウスから出した、すんなりした白い腕、それに何にも増して、彼女らが時折見せる、横顔をちらとかすめるあの表情、そういったものの美しさに決して無関心ではいられなかったし、そういう美しさがやがてぼくらの中に誘い出すであろう恐ろしいものを、ひそかに予感してもいたものだった。けれども、それだからこそ女の子達をぼくらは仲間に入れなかった。と言うのは、つまりあの頃のぼくらにとって――それは年相応の感じ方だったのだけれども――女の子は美しさそのものであって欲しいものであって、彼女らが美しさの追求者となることは、ぼくらが心秘《ひそ》かに考えている彼女らの本質を壊してしまうように思えたのだった。そしてまた、ぼくらの女の子に対するこういう態度のうちに、また逆に、自分らを美しさの具現者ではなく、追求者と厳格に位置づけたことのうちに、あの頃のぼくらが電気回路だとか真空管によせた憧れの、いわば質といったものを考える、一つの示唆のようなものがありそうな気もするのだ。そして、あのロクタル管の美しさが結局のところ、そういうぼくらの憧れの対象たる美しさの質を、目に見える形で一番よく代表していた。ロクタル管の美しさ自体は、いわば虚像の美しさであったと言えるかも知れない。しかし、その虚像を通して、ぼくらの憧れが指向していたのは、あの、ぼくらが見ることなく信じうる、曖昧さの全くない、確定的な正確さを持った電気現象の世界だったのであり、まさにそれ故に、ぼくらにとってロクタル管は美しかった。

その日は夏休みに入った最初の日だった。ぼくは、また例によって、神田のラジオ部品の露店街をぶらついていた。そこ、ここで、真空管のテスト用に組んであるラジオが、「左のポッケにゃチューインガム」と流行歌を撒《ま》き散らし、その合い間に、大邱《たいきゅう》でどうした、釜山《ふざん》がこうしたと、朝鮮の戦争のニュースをしゃべっていた。そうだった。それは朝鮮で戦争が始まって、一月とたっていないある日だったのだ。

勿論ぼくらはまだ中学三年だったし、そういうことでも特別子供っぽい連中の集まりだったし、それに政治なんて何か変にこみいっていて、透明さ好みのぼくらの気質にも合わなかったし、それやこれやで、朝鮮の戦争をめぐる国際情勢など判りはしなかったのだけれども、そしてまた、まかり間違えば自分らも巻き込まれるなんてことには至極《しごく》呑気《のんき》だったのだけれども、だけれども、それでも、朝鮮の戦争はぼくらが神田をぶらつくことにも、いくばくかの影響を与えない訳ではなかった。

その年のはじめ頃から、戦後何を作っても売れていた電気関係の会社の経営も次第に苦しくなり、小さな会社は次々と潰《つぶ》れ出していた。ところが、一つ会社が潰れると、資産整理のために、神田でその会社の製品の投げ売りが始まるのが常であった。それで、そういう投げ売りのある度に、ぼくらは、たとえ二流メーカーのものにせよ、普段は到底手の届かない部品を手に入れることが出来たし、それが五月ともなると、かなり名の通ったメーカーもいかれ始めたので、ぼくらは全く有頂天になってしまっていたのだった。そして次にはいよいよ、日本最大の電機メーカーの一つであるT社が危いと噂され始めたので、ぼくらはT社倒産の時に買い込む部品を夢にえがき、そしたら、あれを作ろう、これも作ろうと、期待にみちた希望をふくらませていたものだった。ところが、ところがである、そこに朝鮮で戦争が始まり、途端にT社は滞貨になっていた何十万個とか、何百万個とか、何千万個とかの乾電池を米軍の特需に売り尽したとかいう話で、たちまち社運隆々、立ち直ってしまった。また、T社以外の各社も、みな各々持ち直し、神田のラジオ部品相場は一般に五割がとこ飛び上り、お蔭でぼくらの不逞《ふてい》にして、可憐《かれん》なる夢はたちまちのうちにしぼんでしまったのだった。

そんな訳で、その日のぼくの神田詣でも、もう一カ月程前までのように投げ売りで掘り出し物をする当てはなかったのだけれども、あの頃のぼくらには、ただ何となく露店街をひやかすというだけで充分楽しかったのだし、それに、ぼくはその日ちょっとした噂を聞いて、それを目当てにやって来てもいたのだった。その噂によれば、一週間と経たぬうちに朝鮮の血みどろな戦争に送り込まれる米兵たちが、日本での最後の歓楽のための金を得ようとして、一番手軽に持ち出せる軍資材の真空管を大量に盗み出しては、現金ほしさに露店商の親方に安く叩き売っているというのだ。そういえば、何もかも、うなぎのぼりに値段の上がるそのころの神田で、不思議とアメリカ製の真空管ばかりは横ばいか、少し下がりさえしていた。だから、そんな噂を小耳にはさんで、ぼくもちょっとした希望を抱いたものだった。そういうふうに真空管が多量に動く時、しかも戦争というような混乱を伴っている時は、ただ安いというだけではなく、意外な掘り出し物のある可能性がある。ことによったら、あんなにほしいと思っているロクタル管も手に入れることが出来るかも知れない。そんなふうに思って、ぼくは夏休みに入ると直ぐ、神田の露店街にやって来たのだった。

勿論ぼくとても、自分がその日払うかも知れない真空管の代価は、やがて、まわりまわって米兵の手に落ち、そこで彼らの最後の歓楽に費やされるのだが、その歓楽が、歓楽という言葉で如何に美しげなよそおいをよそおっているにせよ、またそれが米兵らにとって如何に哀《かな》しいものであるにせよ、ぼくら、互いに皮膚のきいろく、鼻のぺちゃんこな種族のうちの、何処かの一人にとって、一人の女にとって、何を意味するか、いやむしろ、その女を通してぼくらに何を意味するか、薄々感づいていなかった訳ではなかったのだけれども、そんなことよりも、あのロクタル管の比較を絶した美しい在りようが、ぼくを捕えてしまって、ただそれを所有したい思いが、ぼくに夏の昼下りの全てが溶け出すような神田をほっつき歩かせたのだった。

だが、その願いは殆ど充《み》たされそうもないようであった。中学生らしい綿密な露店漁《あさ》りも、ロクタル管ということに関しては何の収穫ももたらさなかった。ぼくは小川町から須田町まで凡《およ》そ八百メートルにわたる露店街を既に二往復し、漸く夕方の涼風が立ち始めたと感じられなくもない時刻、呆然として須田町の交叉点の一隅に立ち尽してしまっていたのであった。が、その時、さっき通りがかりに耳にはさんだことが、急に意識の表面に浮かび上った。露店の主人とちょっと与太がかった若い男とのやりとりだが、それによると、米兵らと露店商との仲介所が、どうやら国電の神田駅の近くにあるらしいのだ。勿論一軒だけではないのだろうが、いずれも少し暗い感じの狭い店で、店先には、そんな後ろ暗い取引きをカムフラージュするために、申し訳ばかりの部品が並べてあるに違いない。そしてその奥の密室では、西部なまりの米兵と黒眼鏡の若い男が、手振り入りで、声をひそめて掛け合っている。そんな所へ行ったら、案外欲しいものが手に入るかも知れない、とその時ぼくには、ふと思えたのだ。

勿論中学生のぼくがそこへ行って、掛け合おうというのではない。が、狙《ねら》いは、そのカムフラージュ用の部品にあったのだ。ぼくの欲しいのはロクタル管といったって、別に7F7とか、7A8とかいう、本当に誰もが飛びつきたくなるような球《たま》でなければいけないのではない。7A6や、14C7だって、ロクタル管である以上、他のどんな種類の真空管より堅牢に、正確に出来ているのに違いないのであり、多少使いにくいという問題だって、それを使いこなすのがぼくらラジオマニアの腕の見せ所であり、誇りであるはずであった。そして、これからがぼくの考えの肝心の点なのだが、こういう7A6や14C7は高い価では売れ行きがよくないので、露店商は買いたがらず、勢い仲介業者の手に残るのではないか、そして仲介業者はこれらをカムフラージュ用の品として、精々露店商への卸値位で並べて置きはしないだろうか。つまりこういう希望が、須田町の角に呆然と立ち尽したぼくの頭に浮かび、気がついてみれば、ぼくの足はまだまだ暑いコンクリートの道を神田駅の方へ、ふらり、ふらりと向かい出していたのだった。

勿論こういう推測は改めて考え直すまでもなく、ひどく自分に都合のいい希望的観測だし、中学生のぼくとて、それに気がついていなかった訳ではなかったのだけれども、ぼくは、自分の希望がかなえられる可能性が少しでもあれば、たとえその確率が一%でも試してみるという、あの中学生特有の行為への情熱を、いまだ失ってはいなかったし、それに情熱というような意志的なものとはもはや無関係に、ぼくは魅いられた如く神田駅周辺の、その謎に充ちた一郭へと引き寄せられてしまっていたのであった。

神田駅に近付くと、「素人の方、お断り」と張り紙した、大きなラジオと部品の卸商が並んでいるが、そんな所には元々用がない。ぼくは曲り角をまわって、裏通りへ入って行った。しかし、ここも何か一様に取り澄した感じで、食べ物屋も混じえて、色々の店がさり気なく立ち並ぶのみであった。ぼくはその辺の、特に目立つ所もないラジオ屋の店先を、買う気もなく、ゆっくりと見て歩いたが、それは、勝利の月桂冠を夢みながら外見は憂鬱そうに敵陣をみやる戦い前夜の将軍、とでも言いたげな心持であった。

ラジオ屋の三軒目を見終って、何とはなくまた歩き出した時、ぼくは右手に、ふと異様な感じを受けて、立ち止まった。右手には狭い路地が長く、薄暗く、入り込んでいた。異様な感じは確かにその路地から来ているのだが、より正確には、異様さは路地から来ているというより、むしろその路地の在りようそのものなのであった。その路地は大きな店の側面の窓のない高い壁にはさまれ、奥には戦前からの古びたしもたやもありそうな、狭い、暗い、じめついた感じの、しかし何処といって取り立てて特別な所のない、至極平凡な、いわば路地らしい路地なのではあったが、奇怪なことには、それら全て平凡な諸要素から出来上っているその路地が、全体としては何か異様な、あの頃のぼくの生活に対して完全に異質な、ある敵意といったような異様な雰囲気を持っていたのだ。ぼくは不気味な、しかし逆らいがたい予感に充たされて、その路地へ吸い込まれて行った。

ものの十メートルばかりも歩いただろうか。ぼくは路地の片隅の小さなラジオ屋の前に立ち止まっていた。その店の間口は一間ばかり、しかし奥行は三間程もあった。入口は、客を奥の方へは入れないため、漸く一人が体を横にして入れる隙間《すきま》を残して、古ぼけた、ぼくの胸ぐらいの高さのガラスケースでさえぎられ、そこには申し訳ばかりの乏しい部品がわびしげに並んでいた。が、見よ！　そのケースの上には無造作に二十本余りのメタル管やGT管が並んでいるのだが、はっとぼくが息を呑んだことには、それらにまじって、ただ一本、ロクタル管がきらきらと輝いているではないか。ぼくは思わずガラスケースに近づき、それを手に取った。もしかしたら、ここが例の仲介所で、このロクタル管もあるいは凄く安いのかも知れない。そう胸をときめかしながら、改めてその球《たま》を見直したぼくの期待は、それが7N7であることを知って、失望と変ってしまった。何しろ7N7はひどく高価な球なのだ。新品なら九百円することだってある。普通で七百五十円、ここがいくら安いにしたって、五百円以下ということはある訳がない。ところがぼくの金はポケットの底を全部はたいたところで二百五十円ばかり、それが後にも先にも中学生のぼくの全財産だ。ぼくは渋々あきらめ、7N7を手から下に置こうと思って、ふと奥を見ると、たてに奇妙に細長い店の薄暗い奥では三人ばかりの若者が何かいわくありげに集まって、カードでも弄《もてあそ》んでいる様子とみてとれたが、その中の一人が変に鋭い眼差しで、うさん臭げにこちらを見ているのだ。はっと気がつき、ぞっと背筋が寒くなったぼくは、とっさにロクタル管を置いて逃げ出そうと思いはしたのだが、その眼で見られてはもう動くにも動けず、ロクタル管を手に持ったまま蛇に見すくめられた蛙のように立ちすくんでしまった。すると、その男はやおら腰を上げ、こちらへやって来て、きくのだ。

「何の用だい」

ぼくは今となっては尚更逃げ出しもならず、ただ相手の言葉に何か答えねばならぬと必死の思いで、自分が何を言っているのかも知らずに言ってしまった。

「この、7N7、いくら」

「二百円」

無理にドスを利かせたような太い声で若者がそう答え終ると、ぼくはただ形式的に、「そう」とうなずき、「じゃ、やめだ」というように、手に持ったロクタル管を元へ戻し、早々にその店先から離れようとした。が、ぼくはロクタル管をはなさなかった。はなそうとした瞬間、たった今うわの空で聞き過ごした若者の低い声が、突然意識の中へ戻った。「二百円」

「えっ」

とぼくはこわさも忘れて聞き返した。

「二百円？」

「ああ」

と若者は無表情に答えた。途端にぼくはこわさも不気味さもふっとばして、勢い込んで言った。

「買うよ」

その帰り道、須田町を通り、淡路町を通り、小川町を通り、駿河台下を通って神保町の都電の停留所に着くまでの間、ぼくは何度ポケットの中のロクタル管に触ってみたことだろう。その滑っこいガラスの面に指の先が触れると、そこから、ぞくぞくっとした感覚が体中に拡がり、胸が何ともいえず、きゅうっとなるのだ。ぼくは、四つ角一つに一回ずつと、触る回数を制限するのだが、四つ角を一つ過ぎると、じきに次の四つ角まで、我慢ができなくなってしまい、心の中で今度だけは特別だと言い訳しながら、また触ってみてしまうのだった。ぼくは、今度こそは本当に涼風の立った夕方の神田の町を、こうやって時折秘密の快楽にふけりながら、心持ち足早に神保町の方へと歩いて行った。

神保町で都電を待ちながら、ぼくはひどく落ち着かなかった。別に急ぐ必要はなかったのだけれども、幸福で一杯なぼくの心を電車がなかなか来ないことが妙に乱した。突然ぼくは、今や漸く自分の所有となったロクタル管を、一度しげしげと見てみたいという欲望にとりつかれた。何しろ買う時は、嬉しさ、こわさにとりまぎれ、帰り道を歩き出してからは触るだけで見る折とてなかったし、都電に乗ってしまえば、それは勿論いくら混んだってロクタル管が割れるなんてことはあろう筈《はず》がなかったけれども、ポケットから出して眺めることは折悪しくラッシュアワーでもあれば先ず不可能だろう。とすれば、見るなら今のうち、と思い定めて、丁度その時漸く電車が来たが、それをやり過ごし、安全地帯の隅の方へ行くと、こっそりポケットから7N7を取り出して、仔細《しさい》に眺め始めた。

ロクタル管という奴は、見れば見る程美しい、と言えば、くりかえすことになるが、ぼくはその時の感動を言わずにはいられない。じっとみつめると、内側からふきつけられた銀のシールドがガラスの壁面に輝き、その中には黒い電極が二つ並んで、少しの狂いもなく固定されている。何しろ7N7は双三極管だから電極が二つあるのだ。美しいガラスの曲面の中に、正しい楕円断面を持った円筒型の、黒々と光る電極が二つ、みじんの相違もなく位置している様子は、大きさこそ違うが、黒光りする巨大な機械が立ち並び、しかも塵《ちり》一つなく磨き上げられた近代工場の感動を持っている。ぼくはやがて、しーんと胸に浸《し》み通る気持で、ごく薄く銅色を帯びた白い金属のベースに眼を移し、それから段々に、その金属ベースの底面に開いている八つの穴を通してガラスから直接出ている八本の短い、しっかりした銅の脚と、その脚を根元で支える八つの小さな、硬い、厚いガラスの小山を、一つ一つ眼で追った。脚は言いようもない頑丈さを持ち、無理に力を加えれば、脚が折れるより先に、根元の厚い、硬いガラスに、ぴしりと一筋の亀裂が走りそうだった。ぼくはその確かな美しさにただ見惚《みほ》れるばかりであった。

どれ位の時間、見とれていただろうか。ふと、いや眼の迷いか、まばたきをしてみる、が、やはり短い脚の一本を支える、小さな、硬い、厚いガラスの小山に一本のかすかな線が、亀裂かも知れぬと思えなくもない線が、認められるではないか。ぼくの心臓は途端に早鐘のように打ち出した。どんなにかすかにせよ、亀裂が入ったら使えない。いや、だが待て。ただ埃り、埃りがついただけではないのか。そうあれかしと念じたぼくは、ロクタル管を眼の高さに挙げ、震える小指の先に必死の思いをこめてそのかすかな線をぬぐいとろうとした。だが、その線はとれぬばかりか、眼の高さにロクタル管が来ると全ては明らかになってしまった。その厚いガラスには、長さこそ短く太さもごくかすかではあったけれども、表面だけではなく厚みの全てを貫いて、一本の疑いようもない亀裂が入っているのだ。ぼくは、はっと慌《あわ》てて、思わず知らずロクタル管を眼の高さから、以前の低い位置へ戻してしまったのだったが、しかし一度疑いもなく亀裂と認められてしまったからには、そのかすかな線は、もう亀裂以外の何物にも戻ろうとしない。ぼくは絶望の余り真空管を持った右手を高く振り上げると、今しも停留所へ入って来る都電の中腹に、その球《たま》をただ砕けよとばかり、ぶつけようとした。が、その瞬間、「あるいは」と思ったのだ。

あるいは、とぼくは思った。あるいはあの店の若者たちも亀裂に気づかずに売ったのではないか。持って行ったら二百円を返しては呉れまいか。それは、あたかも近世初頭の公許海賊船横行の大西洋にも似た当時の神田にあっては、殆ど望むべくもない希望ではあったけれども、そうだからといって、試みもせずあきらめるのは、自己に怠惰、相手に侮蔑《ぶべつ》というものだ、と、このファイトと権利意識溢《あふ》れる六・三制中学生には思えたのだ。それに第一、勿論ロクタル管を所有するという夢が潰《つい》え去ったことはこの上ない精神的痛手であり、何にも癒《いや》されがたい失望であるには違いなかったけれども、あの頃のぼくにとっては二百円という金額もまた、ただその精神的、いわば形而上学的痛手にだけ耽《ふけ》っていることを許さない大きさなのであった。何処をどう通ったのか、気がついてみれば、ぼくは再びあの狭い暗い店の前にあった。

あの、ぼくをそもそもこの路地に誘い込んだ異様な雰囲気は既にぼくのまわりにあり、身に粘りこくまつわりつき、ぼくは首をまわすにも自由でなかった。わずかに店の奥をうかがえば、暗さに定かとは判らぬが、先程とは事変り、椅子に腰かけた、三十がらみの一人の男が、立った、背の高い、日本人離れして肩幅のがっしりした男と、低い声でささやき合い、今一人の先刻の変に鋭い眼付きの若い男は、椅子に横坐りのまま、じっと外をうかがう様子とみえた。そして、ぼくが重い粘液の抵抗を押しわけるようにガラスケースの前へ進むと、若者は自分の体でぼくの視野をさえぎらんとする如く、ぼくの前に立ちふさがるではないか。だが、それが何であろう。この店の奥で起こることは、ぼくには何の関わりもないことだ。ぼくの願うのは、ただぼくのロクタル管に関する言い分が正当に理解され、受け入れられ、二百円返してもらう、ただそれだけのことなのだ。ぼくはその若者の前で、たどたどしくも論理正しく、如何にして貴店で買い求めたロクタル管に亀裂を発見するに至ったか、貴店から発見の地点までの間では新たに亀裂を生ずべき理由が如何にありえないか、従って、それらの事実から推論の結果、亀裂は貴店の手から買手の手にわたる以前に既に出来ていたと見なすことが、如何に正当かを述べ、売買を解消して、当該真空管と引きかえに二百円を返還されんことを希望する旨を表明したのであった。ぼくの前の陰気な若者は、ぼくの話している間中、黙って自分の手に受け取ったロクタル管の頭部の曲面を見つめていたが、ぼくが話し終ると、はじめて球《たま》をさかさにし、亀裂の入っている足の部分を無表情に眺めた。が、直ぐ、むっつりと押し黙り続けたまま、少し猫背の背をぼくに向けて奥の椅子の腰かけた男の前へ行き、ぼそぼそと何事かを話す様子であった。腰かけた男は若者の脇から鋭い一瞥《いちべつ》をこちらに向けたが、直ぐまた若者に向かい、一言、二言、命令するように言った。若者は一口も口をきかずにそれを聞き終ると、またむっつりとしたまま、のろのろとこちらへやってきて、かたわらの箱から百円札を一枚取り出し、ロクタル管と一緒に埃りっぽいガラスケースの上にぬっと置いた。そして、それから、はじめて口をひらいて、言うのだ。

「これだけ返してやるから、帰んな」

帰んな、と言われなくたって、逃げだしたいのは山々だ。だが、ここまで引き返しておいて、そうおめおめと戻れようか。ぼくは必死の思いで、亀裂の責任はぼくになく、そのことは火をみるより明らかであり、従って全額返却するのが至当なのだと、なおも論じ続けた。若者はふりむいて、肩越しにちょっと店の奥を見やったが、別に何を言うでもなく、またこちらを向くと無表情に言った。

「だから、球《たま》もやるって言ってるんだ。ちょっとぐれえ割れ目が入ったって使えるかも知れねえ」

感情の全くないその言葉の後半は、殆ど優しくさえ響いた。だが一度亀裂の入った真空管が使える訳があろうか。と、ぼくは尚も食いさがろうとした。が、ひょっと見上げた時見えた若者の眼。その眼には遠くからみた時感じた鋭さは全くなく、反対にそこにあるのはまわりの白眼との境がどんよりと溶け出した、生気のない、腐ったような茶色の虹彩、それを包んでいる、充血し、濁った白眼、眼のまわりの黒ずんだ皮膚、それら全てが持つ、生の欠如を思わせるあの異様な雰囲気、この路地の異様さそのもの、であった。ぼくは言いようもない恐怖にとらわれ、言いかけた言葉も口に粘りついてしまった。ぼくはようよう体をガラスケースから少し引き離したが、それ以上は動きもならず立ちすくんだ。若者はもう一度、全く無表情にくりかえした。

「いいから、それで帰んな」

その言葉で、今まで粘っこくぼくのまわりにまつわりふさがっていた異様な空気が一瞬裂けた。ぼくはその途端にケースの上の百円札と7N7を摑むと、後も見ずに路地から駈け逃れた。

やがて気がついてみれば、神田の町は、もういつも通り、華やかなる夏の夜の灯火をまばたかせ始めてい、大きなラジオ問屋の立ち並ぶ大通りに出れば、そこは商売柄、数を惜しまぬ色電球が青、赤、黄と無尽にまばたき、音の割れた拡声器は陽気に、大声に、「右のポッケにゃ夢がある」と流行歌をそこら一帯にふりまきちらしていた。それは、今その瞬間も隣国では血みどろな戦いが行われ、そこから分泌される戦争の怪獣の粘っこい、生臭い体液が日本の底にも、表通りと道路一つの裏町にも浸み込んで来ていることなど、少しも知らぬげであった。そして、その華やかさの中を須田町の方へ向かうぼくの足どりも、ああ、いつか我知らず、陽気に浮かれて来るではないか。あんな店では一度変なものをつかまされたら、一銭も戻らないのが普通なんだ。それが百円も戻ったのだから、これは特筆すべきことなのだ。この俺も、まだ年端は行かないが、大したものだ、本当に。それに、何よりもとにかく、たとえほんの僅かばかりの亀裂は入っているにせよ、そして「使えるかも知れねえ」という若者の言葉は実際全くの出たらめなのだけれども、いや、そんなことはどうでもいい、とにかくあの美しいロクタル管が手に入ったのだ。それは勿論ロクタル管の美しさはぼくらがいつも憧れる配線の向う側のあの世界の確かな美しさと無関係とは言えないし、本当のところ、実を言えば、その世界のいわば顕在的代表者としてロクタル管がぼくらの前に美しいのであり、だからロクタル管の美しさは本質的にはロクタル管の背後にある世界の美しさなのであり、結局のところ、使えなくなった、その世界と無縁のロクタル管とは、この上なく惨めな存在でしかありえないのだけれども、それはそうなのだけれども、だけれども、ロクタル管は今確かにぼくのポケットにあるのだし、それは見たところ全く完全なロクタル管なのであり、外見上変化のないものはその美しさに何の変化もありうる筈はなく、何故なら美しさは視覚を通す以外、心情に訴える道を持たず、だから結論として、美しいロクタル管をぼくが今持っているということは疑ってはならないことなのだと、ぼくには全くそう思えて来てしまい、ぼくの足どりは自然と拡声器のふりまく陽気な流行歌に合って来て、しまいには口からは、「左のポッケにゃロクタルカーン」と浮々した流行歌の替歌がもれて来さえする。そしてぼくは左手をポケットの中へ突っ込み、ピストルをもてあそぶ西部劇の英雄のように晴々とポケットの中のロクタル管をもてあそび、しかし決して、それを再びはポケットからとり出して目で見ようとはせず、尚も「左のポッケにゃロクタルカーン」と口ずさみながら、ふらり、ふらりと夏の夕暮の神田の町を歩き浮かれて行ったのであった。

だが、時々思えて来ることなのだが、果してそうだったのだろうか。あの夏の夕暮の神田にあったのは、そういう浮々と自己欺瞞《ぎまん》に身をゆだねたぼくだったのだろうか。そうではなくて、それは便々と怠け暮す今のぼくの脳中に浮かぶ泡沫《ほうまつ》なので、それは自己欺瞞に日を過ごす今のぼくの虚の心象なので、実はあの十年近い昔の暑い夏の夕暮、なおも火照り返すコンクリートの上を、汗もぬぐわず、まわりも見ず、ただ激しい感情に堪えながら、きっと前方を見つめ、足早に歩き去った自分ではなかったか。ポケットの惨めに空《むな》しき残骸と化したロクタル管を握りしめたぼくの左手は、何ものへとも知れぬ怒りのためにわなわなとふるえ、遂にはそれを道路に叩きつけたのではなかったか。そして、ロクタル管の砕け、飛び散るその音と共に、何ものかがあの頃のぼくの中で死んで行き、そして何ものかが生まれてきた筈ではなかったか。一つの事件を、それを担ったその時間というものを、生きもせず死にもせず、苦しみもせず喜びもせず、何一つ学ばず忘れず、ただのんべんだらりと過ごした筈は、そんな筈は決してなかった、あっていい訳がなかったのではないか。本当に今となっては、どちらがあの時の真実か、確かめるすべとてない訳だが、毎年その暑い季節がやって来ると、ぎらつく海辺、埃りと轟《ごう》音《おん》の都大路、身動きもならぬ満員の電車の中などで、突然その時の怒りがぼくの体に甦えり、けだるさと自己欺瞞に崩れようとしている全身をつらぬいて、全てを破壊し尽そうと炎《も》え上る。その時真夏の太陽のぎらつきは、砕け散ったロクタル管の、薄いキラキラ輝く、無数の破片にぶつかり、はねかえり、同じだけ無数の鋭い金色の矢となって、ぼくの身体につきささる。そして、うつろに、果しなく拡がるぼくの心の蒼穹《そうきゅう》には、虚《むな》しい光の溢れる中を数知れぬ黒い猛禽《もうきん》が乱舞し、切り込むような叫び声で鳴き続ける。

「アノトキノオマエハドオシタカ」

「アノトキノオマエハドオシタカ」

解説

大石　静

私の本棚には、「されど　われらが日々――」「贈る言葉」「鳥の影」「立ち盡す明日」「われら戦友たち」「ノンちゃんの冒険」「犬は空を飛ぶか」「燕のいる風景」の八冊の柴田翔作品が並んでいる。どれも三十年から四十年前の単行本だ。

九〇年代に書かれた二冊、「中国人の恋人」と「突然にシーリアス」はない。

これまで家を引っ越す度に、かなりの本を古本屋に泣く泣く売り払ったが、先の八冊は今も私の手元にある。いつまでも残しておきたいと思ってきたからだろう。そういう本は、実はそんなに多くない。本はとめどなく増えるけれど、本棚には限りがあるからだ。

今回、「されど　われらが日々――」を久しぶりに開いてみると、奥付に一九七〇年十一月十五日、第六十四刷とあった。私が十九歳（大学一年）の秋に読んだということがわかる。

ちなみに本作の芥川賞受賞は一九六四年、作者二十九歳の時の作品だ。

長い時間が過ぎたのだと、しみじみ思った。

この本を読んだ頃、私は御茶ノ水駅近くの駿河台に住んでおり、前年の東大闘争を目の当たりにしていた。

毎日、家の前で繰り広げられる機動隊と学生の衝突。

雨戸を閉めても、家の中までしみこんで来る催涙弾の威力。

安田講堂に向って上がる放水の水柱。

その大量の水が冬空に描き出した虹。

それらを見つめながら、私は否応なく自分に問いかけていた。私はどちらの立場の人間なのか？　私はどう生きたいのか？

「されど　われらが日々――」は、更に十年前の六〇年安保を経験した作者が描いた作品である。

日本の共産主義は、戦後刻々と姿を変え、七〇年安保の時は、新左翼の方に圧倒的に勢いがあったので、「されど　われらが日々――」と、私の見た時代はやや違う。

七〇年安保もアッサリ改定されると、時代をリードしていたかに見えた学生達の運動は呆気《あっけ》なく下火になった。行き場のなくなった新左翼の一部は、過激な内ゲバを繰り返し崩壊して行ったことは、誰もが知っている。

七〇年安保闘争の頃、高校生だった私は、その後急激にやる気をなくした先輩達に首を傾《かし》げながら、のらりくらりとお気楽な女子大生をやっていた。

だが、私はどう生きたいのか？　と自らに問いかけたまま、答えを出さずにいることに、一抹《いちまつ》の後ろめたさはあったのだと思う。

そんな頃に読んだ「されど　われらが日々――」は、私にとって、胸にしみる一冊だった。

十年の時間差はあるが、六〇年安保闘争を経験した作者の静かな挫折感と諦念《ていねん》と、いい意味でセンチメンタルな文章表現が、私だけではなく、多くの若者の心をとらえたのだと思う。

センチメンタルな表現というものを、肯定的にとらえたのは、この小説が最初だった。そして小説家柴田翔に、十九歳の私はハマった。

恋愛小説というより、「私はこれでいいのか？」と問い続ける青年達の姿が美しくてハマったのだ。こういう風に、苦しくとも常に自分と対話し続けなければと、私も当時、大真面目に思った。

東大修士課程二年目の主人公と、その婚約者と、彼等をめぐる人々は、みな飛びぬけたエリートだ。秀才達の青春群像は、そのまま作者の青春なのだと、読者の私は感じたものだ。

なぜこれが私小説と言われないのかと、今も思う。

そう規定されることを、作者は嫌ったのだろうか。

作者は大橋文夫なのか、佐野なのか？　そんなことを思わずにいられないのは、私が下世話なだけでなく、書かなければいられなかったという私小説的な切実さが、この作品にあるからだ。それがこの小説の一番力強い魅力なのだと思うからだ。それは次作の「贈る言葉」にも感じられることである。

六〇年代、七〇年代の左翼運動にみる、夢のような思想行動を肯定する気はないが、死を賭けて求める理念や、いかに生きるかを真剣に自分に問いかける姿は、今、それなりにオトナになった私の胸にも、訴えかけるものがある。だから、「生きたと言える日々」をさがして、文夫のもとを去る節子の、しつこいほど長い手紙も、味わうことが出来る。

自殺する佐野の「こういう生活を送っていても死ぬときに思い出すのはあの裏切りにすぎないのか、だったら生きていることは非常に面倒だ」という気持ちも、甘ったれめと思いつつ、その甘ったれの人生の辛さを感じることができる。

しかし、今の若者は理解できるだろうか。

「されど　われらが日々――」を読み直して、時代が変わったことを、実感せずにはいられなかった。

この小説を、今の十代二十代は、どう読むのだろうか。

十代二十代を十把一絡《じっぱひとからげ》にするのは失礼だが、現実とサラリと折り合いをつけられない奴は、負け組なんだと決めつける人が多いとは思う。だとすると、無様でも真剣な奴は美しいのだということが、今の若者には通じにくい。

私は日頃、ドラマを書くことを生業にしているが、真面目なことは笑いに包んで表現しないと、受け入れられない風潮がある。私は現実と折り合いをつけて、調子よく生きているので、そういうテクニックを使うこともよしとしているが、これでいいのかと、時々思う。

あらゆる情報が氾濫《はんらん》し、自分に問いかける前に、パソコンに聞いてしまうような生活をしている若者にこそ、こういう青春を知って欲しいものだ。手紙なんか書くことを忘れた今の若者に、長い手紙を読ませたい。生きていることは、悲しいことなのだと知ってからが、人生なんだよと知ってもらいたい。

エリートであろうとなかろうと、私はどう生きたいかという問いかけなくして、人生の充実はないと思うから。

ところで柴田翔氏は、学者としての道も極められ、今は、どんなことに興味がおありなんだろうか。「されど　われらが日々――」から四十三年を経た作者の現在の心境に、とても興味がわく。

昔の単行本に、「フランクフルトにて」という作者の二十九歳の写真があるのを眺めつつ、私は自分のこの三十数年を思った。数十年生きた者には、うつろいゆくものへの感慨を……若い者には、こんな青春もあったのかという驚きと、人生とはやっかいなものなのだという重さを感じさせてくれる小説として、「されど　われらが日々――」は今に蘇《よみがえ》ることだろう。

（脚本家）

単行本　一九六四年八月　文藝春秋新社刊

本書は一九七四年六月に刊行された文春文庫『されどわれらが日々——』の新装版です。テキストは旧版をそのまま受け継いでいますが、漢字、振り仮名、送り仮名その他の表記は、現在の慣行などを考慮して、加筆、訂正してあります。なお大石静氏の解説は、この新装版のために新しく書き下ろされたものです。

文春文庫

されど　われらが日々《ひび》――

定価はカバーに
表示してあります

2007年11月10日　新装版第1刷
2025年5月10日　第6刷

著　者　柴《しば》田《た》翔《しょう》

発行者　大沼貴之
発行所　株式会社 文藝春秋

東京都千代田区紀尾井町3-23　〒102-8008
TEL 03・3265・1211㈹
文藝春秋ホームページ　https://www.bunshun.co.jp

落丁、乱丁本は、お手数ですが小社製作部宛お送り下さい。送料小社負担でお取替致します。

印刷製本・TOPPANクロレ

Printed in Japan
ISBN978-4-16-710205-0